迟速须知凡人请客三天前就预先约好自然有时
间登治菜品如果遇到突然来客急需便餐或偶到
在外旅行比如乘船住店之类这时那能用东海的水
去救南海的火啊那么必须预备一种应急的菜如炒鸡
片炒肉丝炒虾米豆腐和糟鱼火腿之类反而能因
快而见巧这方面不可不知
有一物之味不可混而同之犹
因才乐育不拘一律所谓君
今见俗厨动以鸡鸭猪鹅
令千手雷同味同嚼蜡
鸭有灵必到枉死城中告
菜者须多设锅灶盂钵
各献一性一碗各成一味嗜
不暇自觉心花顿开
而热宰杀太早则肉败矣
烹饪稍迟则
其时也
盐者宜
变换须知一物
如圣人设教
子成人之美
一汤同滚逐
恐鸡猪鹅
状矣善治
之类使一物
者舌本应接
时节须知夏日长
冬日短而寒
物生矣冬宜食牛
羊移之于夏非
上菜须知上菜之法
先淡者宜先浓者宜后
者宜后无汤者宜
汤者宜后且天下原
味不可以咸之一味概
客人食饱则脾

李津 绘

手调羹咸淡合
式原无需补
为中人说法
宁淡毋咸
之咸则
矣烹
可加火候
强之再
一切下作
洋
疑似须
鲜不可淡
厘失以千里
之谓也若徒贪肥腻不如专食猪
清鲜者真味出而俗尘无之谓
贪淡薄则不如饮水矣选用须
之法小炒肉用后
煨肉用硬短
鱼做鱼松用
鸡骟鸡取
才嫩鸭用
芹韭用根
推
浓厚者取精多
薄此疑似
知
料时浓
味要厚不可油腻味要清
宜老嫩如
救不得已
则调味者
淡可加盐以救
不能使之再淡
鱼者宁嫩毋老嫩
以补之老则不能
嫩矣此中消息于
静观火色便可参
之间差之毫
而糟粕去
油矣
也若徒
知选用
用前夹心
臀做肉圆
勒炒鱼片用青鱼季
鲜鱼鲤鱼蒸鸡用骟
鸡汁用老鸡鸡用雌
雄才肥莼菜用头
皆一定之理余可类
用纤须知俗名豆粉

客酒多须用酸醒之
器具须知
古谚云美食不如美器斯语是也
然宣成嘉万窑器太贵颇愁损伤不如竟用御窑已觉雅丽惟是宜碗者碗宜盘者盘宜大者大宜小者小参错其间方觉生色若板板于十碗八盘之说便嫌笨俗大抵物贵者器宜大物贱者器宜小煎炒宜盘汤羹宜碗煎炒宜铁锅煨煮宜砂罐
本分须知
满洲菜多烧煮汉人菜多羹汤童而习之故擅长也汉请满人满请汉人各用所长之菜转觉入口新鲜不失邯郸故步今人忘其本分而要格外讨好汉请满人用满菜满请汉人用汉菜反致依样葫芦有名无实画虎不成反类犬矣秀才下场专做自己文字务极其工自有遇合若逢一宗师而摹仿之逢一主考而摹仿之则掇皮无异终身不中矣

作团而不能合要作羹而不能
腻故用粉以牵合之煎炒之时
虑恐贴锅必至焦老故用粉以
护持之此纤义也能解此义
用纤纤必恰当否
则乱用可笑但觉一片糊
汉
逢麸为媒媒
呼曲为先矣
洁净
须知
剃考齐
切葱之刀不可以切笋捣椒
捣粉
闻菜有抹布气者由
之
白不
布
砧
不洁也闻菜有
可以
其
板气
者由其板之不
砧
其
事必
净也工欲善
先利其
器良厨先
磨刀多换
布多刮板多洗
手
然后治
多
菜至于口吸之烟灰头上之汗
汁
灶上之蝇
蚁锅上之烟煤一玷入菜中虽觉绝好烹庖如西子蒙
不洁人皆掩鼻而过之矣多寡须知用贵物宜多
用贱物宜少煎炒之物多则火力不透肉亦不松故用
肉不得过半斤用鸡鱼不得过六两或问食之不足如
何曰俟食毕后另炒可也以多为贵者白煮肉
非二十斤以外则淡而无味粥宜然非斗米则汁浆不厚

知味

四月春膳

曹亚瑟 著

生活·讀書·新知 三联书店 生活書店出版有限公司

图书在版编目（CIP）数据

四月春膳 / 曹亚瑟著 .—北京：生活书店
出版有限公司，2018.5
ISBN 978-7-80768-201-1

Ⅰ . ①四… Ⅱ . ①曹… Ⅲ . ①随笔—作品集—中国—
当代 Ⅳ . ① I267.1

中国版本图书馆 CIP 数据核字（2017）第 154434 号

责任编辑 廉 勇
装帧设计 罗 洪
插 画 李 津
责任印制 常宁强
出版发行 生活書店出版有限公司
（北京市东城区美术馆东街 22 号）
邮 编 100010
印 刷 北京顶佳世纪印刷有限公司
版 次 2018 年 5 月北京第 1 版
2018 年 5 月北京第 1 次印刷
开 本 880 毫米 ×1230 毫米 1/32 印张 9.75
字 数 165 千字 图 10 幅
印 数 0,001—8,000 册
定 价 45.00 元
（印装查询：010-64052612；邮购查询：010-84010542）

一菜一素圖
李津制

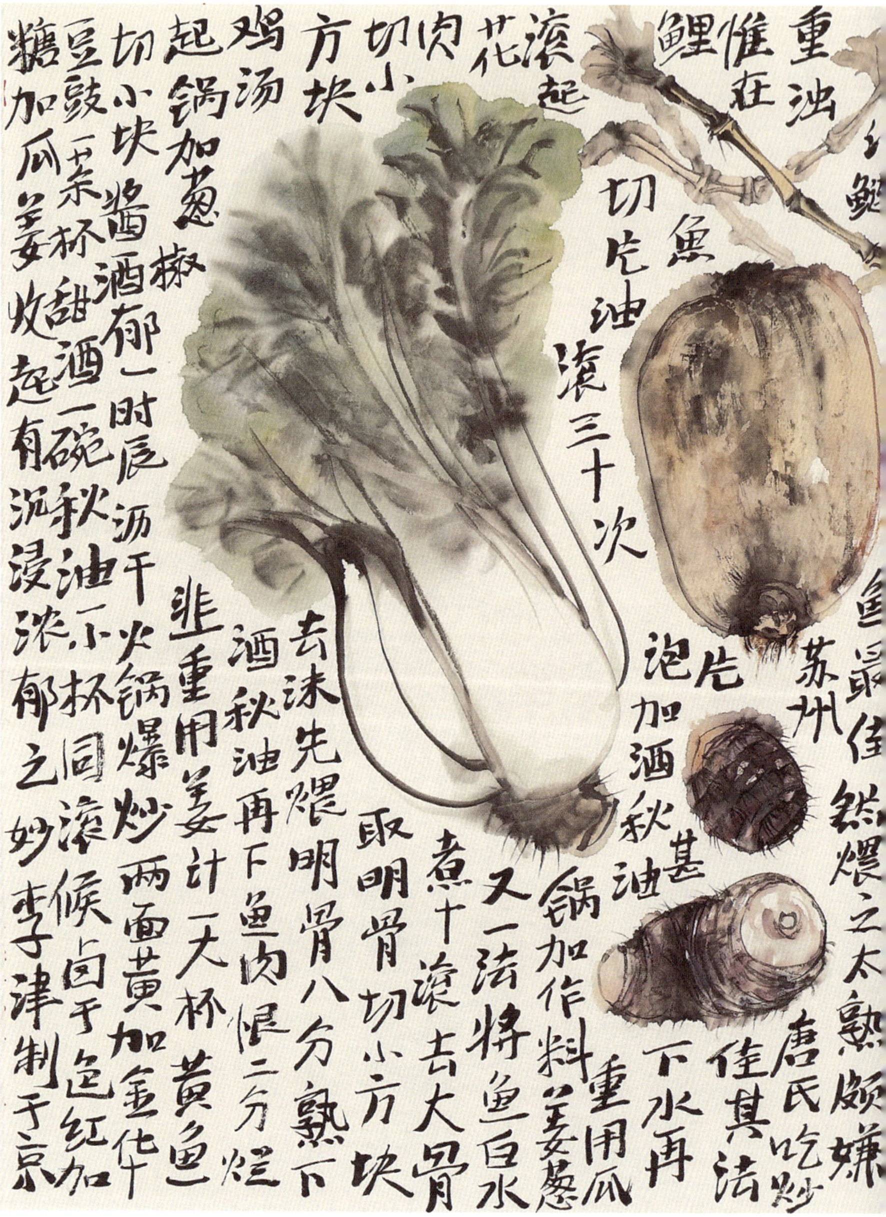

鲢 鱼最佳然煨之太熟頗嫌
重油 苏州唐氏吃炒
惟在 佳其法
鲤鱼 片甚 下水再
切片油滚三十次 泡加酒秋油 重用瓜
滚起 锅加作料姜葱
花 又一法将鱼白水
肉 煮十滚去大骨
切小 取明骨切小方块
方块 去沫先煨明骨八分熟下
鸡汤 酒秋油再下鱼肉煨二分烂
起锅加葱椒 韭重用姜汁一大杯黄鱼
切小块酱酒郁一时辰沥干火锅爆炒两面黄加金华
豆豉一茶杯甜酒一碗秋油一小杯同滚候卤干色红加
糖加瓜姜收起有沉浸浓郁之妙李津制于京

笋为蔬中尤物荔枝为果中尤物蟹为水中尤物月为天文中尤物西湖为山水中尤物词曲为文字中尤物
刀鱼二法 刀鱼用蜜酒酿清酱放盘中如鲥鱼法蒸之最佳不必加水如嫌刺多则将极快刀刮取鱼片用钳抽去其刺用火腿汤鸡汤笋汤煨之鲜妙绝伦金陵人畏其多刺觉油炙极枯然后煎之谚曰驼背夹直其人不活此之谓也或用快刀将鱼背斜切之使碎骨尽断再下锅煎黄加作料临食时竟不知有骨芜湖陶大太法也
鳅鱼用蜜酒蒸食如治刀鱼之法便佳或竟用油煎加清酱酒酿亦佳万不可切成碎块加鸡汤煮或去其背

色香味触法图卷
李津

目录

辑二　落　英

辑三　清　腴

辑四　春　臆

辑五　舒　卷

自 序

第一次见到李津先生的“饮食男女”系列，我惊呆了：画面里浓浓的人间烟火、艳俗的尘世狂欢、撩人情欲的各式菜肴，其间穿插密不透风的烹调要诀，让人心驰目骋、流连忘返。

李津笔下必少不了两样东西，或者说只有两样东西，就是食物和男女。食物最能引发情欲的联想，《诗经》中“投我以木瓜，报之以琼琚”“宜言饮酒，与子偕老”，是男女在一起最基本的生活需求，也是表达爱意的最佳馈赠。食物往往代表了最原始的欲望和最粗鄙的情欲。

李津的画有几分拙意，使我想起韩羽笔下的水墨戏曲人物，初看似三岁小儿的随意涂抹，细品则发现其精神和意趣，无三十年功力莫办。这里既有洞明世事的大彻大悟，又有繁华看尽的返璞归真。两个字：境界。这是任何技巧的操练都无法达到的。

李津画中，男人皆胡子拉碴，女人皆眼睛细小，这跟许多人爱画俊男美女大异其趣。这不是审美，而是审丑，但芸芸众生确实没有明星般的美貌，它真实地展现了凡人的生活状态。李津的男一号往往是穿着对襟大袄，目光迷离，面容臃肿，一双小眼似有恍惚之状，颇得李津自己的神韵。这也能表明他勇于自嘲的心态。

李津的画以腊肉、糟鱼、东坡肉、酱猪头、咸鸭蛋、烧乳鸽、冰糖葫芦、小葱茄子、西瓜萝卜、菊花火锅为主角，笔意憨拙，充满肉欲，无不颠覆了传统的审美情趣。画中长幼咸集，男女参差，其食香香，其乐融融，大快朵颐又带点儿暴饮暴食、不加节制。这是对世俗生活的一曲颂歌，对锅碗瓢盆的由衷礼赞，也是对人间飨宴快乐之源的泄密起底。

李津的画深得我心，觉得它的精神与《四月春膳》异曲同工。我想若能得到李津先生的授权，放上一组作为本书的插图，定能使《四月春膳》大为增色。感谢林东林、聂安全两位老兄居中联络，李津先生慨然应允，发来几组画作供我挑选，盛情可感。翻阅本书，你会感到，若没有李津先生的画，本书会比现在逊色许多。

乙未吉羊，时在惊蛰，曹亚瑟识于中州之小鲜馆

辑一 煮羹

肥而不腻的四月

在四月，诗人们好像都陷入愁苦之地。白居易说：“人间四月芳菲尽，山寺桃花始盛开。”四月万木繁盛，在他眼里都芳菲已尽（当然他指的是农历）。而 T.S. 艾略特在《荒原》中竟冷酷地写道：“四月是最残忍的月份，哺育着丁香，在死去的土地里，混合着记忆和欲望。”但对美食家来说，四月犹如刚上膘的羔羊，肥而不腻。

比如袁枚说：“夏日长而热，宰杀太早，则肉败矣；冬日短而寒，烹饪稍迟，则物生矣。”唯春日没有这些顾虑。袁枚是个生活大师，他的《随园食单》我搜求了很多年，所以一见到就报复性地买了好多个版本，以补当年的不足。读《随园食单》绝对是一种享受。虽说君子远庖厨，但他善品，见识广博，又善于总结和提炼，所以更高于一般的烹饪专家。像袁枚这么爱生活的人，演戏、写书是一流，干厨子头肯定也是一流。

我最早的饮食启蒙书有两本，一是汪曾祺编的《知味集》，一是梁实秋的《雅舍谈吃》。新时期文人谈吃，肇始于汪氏。一本《知味集》，“八大菜系，四方小吃，生猛海鲜，新摘园蔬、暨酸豆汁、臭千张”，无不尽收笔底。汪曾祺有《旅食集》和《四方食事》，那真是连美食带美文，真个让人看得津液直流。汪家公子继承乃父遗风，也写起了《胡嚼文人》。其家乡高邮更是推出了“汪氏家宴”，照着汪老先生的文章比样画瓢。小汪说，他家老头子虽然会烧几样菜，但还远不够做家宴的份儿，“汪氏家宴”云云，附会罢了。但最起码这也说明人们在追求饮食质量，实则追求生活质量，是好事。

真正既会写又会做的是王世襄（畅安）先生。周绍良先生津津乐道的一件事，是在上世纪七十年代末，一次畅安先生专门买来大量豆汁儿，熬了一上午，用北京的四眼井甜水做成麻豆腐（注意，不是麻婆豆腐），然后用一圆饭盒给他送去。原来麻豆腐并非豆腐，是豆汁儿熬好后沥去水分剩下的豆渣，以羊尾油煎制，呈碧绿色，软腻如同奶酪，吃后永志难忘。连杨宪益先生宴请澳大利亚驻华公使夫妇，都不请名店大厨，而专请王世襄先生司厨。据说那次共做了七道菜，样样儿都被吃得精光，公使夫妇为能在中国家庭吃到如此精美的菜肴而惊叹不已。只可惜，畅安先生游于艺，爱好太多，使得《锦灰堆》中关于饮食的文章留存得太少了。

梁实秋的《雅舍谈吃》，与后来的唐鲁孙之《中国吃》《天下味》《大杂烩》《什锦拼盘》《酸甜苦辣咸》一样，都是回忆老北京的吃食。他们有个共同特点，都是出身于鼎食之家，有条件讲究吃喝，有条件吃遍各式小吃、南北大菜。中国人近几十年活得糙，初看梁实秋笔下的这些讲究，真是着迷了——贵族真是需要三代才能培养出来呀，不从小熏着，能有这造诣吗？

吃喝一道，虽小技，但也最见人的品格和性情。唐振常先生是文章大家，又是豪放之人，他的《颐之时》一度是我的枕边妙品。唐先生不光谈饮食，也谈历史、谈掌故，知人论世，极为精到。我早就是唐先生的铁杆“粉丝”，他来做“越秀学术讲座”时，我还专门请他在《颐之时》上签了名。如今先生已归道山，想起来不胜唏嘘。

近年出版的关于美食的著作尤多，光舍下收藏的就有百数种之多，这里不尽备述，得其妙者有如下——赵珩的《老饕漫笔》《老饕续笔》，逯耀东的《肚大能容》《寒夜客来》，朱振藩的《食林外史》《食味万千》，车辐的《川菜杂谈》，周作人的《知堂谈吃》，林文月的《饮膳札记》，焦桐的《台湾味道》《台湾肚皮》《台湾舌头》，舒国治的《台北小吃札记》，梁文道的《味觉现象学》，王稼句的《姑苏食话》，沈宏非的《写食主义》《食相报告》，殳俏的《人和食物是平等的》《吃，吃的笑》，等等；还有那厚厚薄薄的四十几种“中国烹饪古籍丛刊”，真是一座让人不忍空手而归的宝山。

昔读《金瓶梅》，有感于里面吃喝的繁复，遂立下宏愿，要为此写下两书，一曰《金瓶梅食话》，一曰《金瓶梅色话》。食色性也，有此二者，人生庶几圆满。不过岁月荒废，到现在只写出一本《烟花春梦：〈金瓶梅〉中的爱与性》，另一本还停留在宏愿上而已。

食物的柔情蜜意

男女之间的爱意往往喜欢用食物来表达。太古时代，是“投我以木瓜，报之以琼琚”；现在过情人节，则是你送我巧克力，我回报你玫瑰花。

吃既是小技，也是大道。《诗经》就记载了许多与吃相关的美好信息。《豳风·七月》中说：“六月食郁及薁，七月烹葵及菽。八月剥枣，十月获稻。为此春酒，以介眉寿。七月食瓜，八月断壶。九月叔苴，采荼薪樗，食我农夫。”一个农人全家的四季膳蔬就一应俱全了。而得到几只野兔，那吃得就更丰富了：“有兔斯首，炮之燔之。君子有酒，酌言献之。”（《小雅·瓠叶》）可以用泥巴裹着放火里煨熟，也可以做成烤肉，再斟上几杯美酒，就更能享受到生活的喜悦了。于是，相悦的男女执酒共饮，“宜言饮酒，与子偕老。琴瑟在御，莫不静好”（《郑风·女曰鸡鸣》)。真可以在美食的享受中天荒地老了。

革命不是请客吃饭。恋爱中的男女为增进感情，却不妨多多请客吃饭。智利女作家伊莎贝尔·阿连德不仅擅长谈情说爱，还在食物与情欲的关系上甚有心得，进而撰写出一本《阿佛洛狄特：感官回忆录》，还开列了一组春膳食谱，让人看得心旌摇荡。

伊莎贝尔·阿连德认为：“春膳是联结贪吃和好色的桥梁。我相信在完美的世界里，任何自然、健康、新鲜、美观、引人垂涎、有诱惑力的食物，也就是具备所有我们在伴侣身上寻求的食物链，都是春膳。”她说的一句话我觉得是至理名言：“世间唯一真正万无一失的春膳只有爱情。全世界没有一样东西能阻挡热恋中人炽烈的激情。有了爱情，其他一切都无足轻重，不论生活艰困、岁月肆虐、体力不支、聚少离多；爱人们总是有办法相爱，这就是他们的命运。”

所以，阿连德特别讲究相爱之人用餐的情趣。她提议，“凡是为情人烹调的食物，都带有情欲的色彩；若两人一起动手做，并趁着剥洋葱皮、扯朝鲜蓟叶片的良机，淘气地顺势脱下一两件衣服，效果会更好”；用餐的色彩也很重要，她举例说，一次她到一位设计名师家中用晚餐，“她的餐厅满墙都贴着深色镜子，映照出墨黑的餐椅和桌布。一片阴沉沉的背景里，黄色的花和餐巾特别突出，显得璀璨辉煌”。于是，她在设计狂欢宴的菜点时会充分注重色香味。“如果我的预算多得花不完，我要供应宾客大盘大盘生的或熟的贝类、肉、野禽、冷鱼肉、沙拉、甜点和水果——尤其是葡萄，有关罗马帝国的电影里都会出现葡萄。当然也少不了蘑菇，它的催情效果不亚于生蚝。”她甚至设想要有一座专门的酒窖，里面满是星罗棋布的蜘蛛网，她腰间挂着沉甸甸的钥匙串，开启三道木门，来取用贮存五年以上的醇酒佳酿，因为“葡萄酒的催情效果绝无人有异议”。

让我们看看阿连德开列的菜谱名单吧：忘忧汤，起死回生汤，朝鲜蓟的低语，宫女色拉，春雨，后宫火鸡，浪漫鸡，东方风情牛排，迷迭香鹿肉，萝莉的私房焖饭，修女的青春，维纳斯泡沫，包法利夫人……是不是已经让你食指大动，继而春心萌动了？

吃，变成了前戏，成了爱的仪式的组成部分。亚当和夏娃相爱时，不就是从吃禁果——苹果开始的吗？而人生是由一顿顿饭组成的，自然就会思不断、吃还乱，但这吃，终究只是个手段和媒介。而在中国，这概念又有不同，吃饭不仅仅是手段，甚至会变成终身目的。中国人讲究“嫁汉嫁汉，穿衣吃饭”，吃的就是你小子，谁给你来男欢女爱？养不起婆姨，“噗”，老娘灭你的灯！

于是，我们见多的就是已婚媳妇们扭着那水桶般的腰，展示着嫁汉之后的丰硕成果。她们忘了，阿连德还告诫过：“大吃大喝是通往情欲放纵的康庄大道；如果不加节制，就失落了灵魂。”灵魂跟吃饭绝对是有关系的，灵魂是轻盈的，过分肥壮只会牵累灵魂。就像古希腊的赫拉克勒斯在十字街头遇到了两个女人卡吉娅和阿蕾特，卡吉娅只知道身体的感觉，不知道灵魂和美好的滋味；阿蕾特则知道身体是灵魂的仆人，只有灵魂才能拉住神明的衣襟。对赫拉克勒斯来说，这是个令人彷徨的选择。

而对于我们这样的俗人来说，非要把幸福分成“邪恶”和“美好”两种，是一种不人道的伦理困境。我们只需知道，吃饭是美好的，食物是充满柔情蜜意的。

春　膳

《圣经》的“雅歌”里有这样一段歌谣，生动地再现了相爱中的男女对水果、植物的渴望之情：

我是沙垄的秋水仙，
是幽谷的百合。

好比荆棘丛里发一枝百合，
姑娘中间看我的亲亲！

好比林子里一树苹果花开，
小伙儿中间看我的郎君！
我爱去他的阴凉里坐，

让他的果子甜在我口中；
让他把我带进酒房，
用爱的旌旗将我覆盖。
啊，快给我葡萄饼，
给我苹果，让我支撑——
这爱，病得我好苦！
啊，他左手托起我的头，
右手将我搂住！
…………

如一座上锁的园子，妹妹呀
我的新娘，园门锁紧，
泉眼封闭。
你的新枝
长成一片石榴林，
栽满散沫花甘松等珍奇花果：
甘松与藏红花、菖蒲、肉桂，
各样乳香木，没药和芦荟
异香扑鼻——你便是
这花园的泉眼，

一口活水滋养的井，

源自黎巴嫩的涓涓小溪。

（采用冯象先生译文）

新婚的男女在花园中以花果自拟，同时在花果的映衬下表达彼此的爱恋。远古的生民与大自然有一种天然的亲近，各种动植物为他们提供了生生不息的滋养动力，也刺激了他们的一代代绵延繁衍。那些花果，不啻是人类最早的春膳。

古罗马诗人奥维德很懂得怎样讨女人的欢心，他在《爱经》里教诲那些年轻男子："在田野铺陈着它的富庶的时候，当果树垂实累累的时候，差一个奴隶送一满篮的乡村礼物给她。虽然果子不过是从圣路上买来的，你却可以对她说是从乡间采来的。送她些葡萄或是阿马力斯（一位美丽的牧女）所爱吃的栗子；……你甚至还可以送她一只画眉鸟或是一个花篮，表示你是在思念着她。"

葡萄、栗子从来都是催情的果实。中国唐朝时，从西域传入葡萄及葡萄酒制作工艺，当时的名妓赵鸾鸾曾写过诗来吟咏葡萄，她分别以《云鬟》《柳眉》《檀口》《纤指》和《酥乳》为题，用来比喻女子身上最有魅力的几个部位，比如用"衔杯微动樱桃颗，咳唾轻飘茉莉香。曾见白家樊素口，瓠犀颗颗缀榴芳"

来形容女子的“檀口”，用“粉香汗湿瑶琴轸，春逗酥融绵雨膏。浴罢檀郎扪弄处，灵华凉沁紫葡萄”来描摹女子的“酥乳”。那就不仅是催情，而是一种直接的性暗示了。

美国药草专家戴安娜·德·卢卡在《爱情植物学》中介绍了很多种植物的枝叶和果实，在我看来那就是最好的春膳配方。比如，豆蔻是一种深受阿拉伯人和印度人喜爱的香料，含有催情成分，还可以做口气清新剂；巧克力是一种甘美的催情药和兴奋剂，可以增加我们体内的多肽；花椒树皮能用来促进身体，尤其是下体的血液循环；迷迭香除了能加速血液循环外，还有提神和振奋功效；藏红花是一种情爱香料，浸水后可以浇到米饭、意大利面食和土豆沙拉上；肉桂能让你精力充沛地开始新的一天，不仅可以驱寒，还能让你亢奋不已；用生姜与蜂蜜泡制在一起，一周后饮用，可以让你周身发热、跃跃欲试。或者，你还可以用美洲蒲葵果实、姜根、肉桂条、花椒树皮、绿燕麦、银杏叶、香草或橙皮，放在白兰地酒中，加热过滤后温饮；再或者，你用荨麻叶、绿燕麦、红悬钩子叶、红百合花、柠檬香草来泡一杯营养滋补的花草茶，它能够助你含情脉脉、春情激荡，和心爱的人度过充满情调的一夕。

中国人和西方人都信奉食物是能够壮阳或者激发男女情欲的，像牡蛎、胡萝卜、洋葱、鳄梨、松露、芦笋、鹰嘴豆、茴香、芥末、杏仁、阿月浑子等，在历史上都承担过增进男子性功能的重任。现代科学研究表明，这些东西即使含有一些微量元素，实际上也很难起到增加性欲、提升性能力的作用。其实，说白了，如果说它们还真发挥过那么点儿作用的话，也顶多是一种心理暗示罢了。

伊莎贝尔·阿连德在《阿佛洛狄特：感官回忆录》一书中，开列了几十种“春膳”食谱的配方，我更多地是把它视为增加生活情趣、营造暧昧氛围的举动。我们千万不要重演这本书里记载的这个故事：两千多年前，有位中国道士为了长生不老，让他的妻子与无数自告奋勇者做爱，用以提升灵性与治病的天赋。这位丈夫忠实地记录这些爱情马拉松，从而研究归纳出一种完美的饮食之道。由此，这位道士发明了一种含汞盐的长生不老药，他一辈子打坐和服食草药，仙丹使他心境澄明，死后加速灵魂飞升，终于得道成仙。

这种人，生前丝毫没有享受到凡人生活的乐趣，得道升仙又有何意义？

有态度的辣椒

不辣的辣椒，我不喜欢。就像不喜欢没有态度、没有倾向的人——表态时永远是模棱两可，发言时永远是左右逢源，做事时永远是八面玲珑，行动时永远是拖泥带水。

我不嗜辣，但我对辣椒的态度是要么不吃，要么辣得彻底，绝不走中间道路。

我以为，辣椒的特点就是尖锐，就是态度鲜明，就是一针见血。舍此，可改名叫菜椒、面椒、软椒、不椒。

平淡的生活须要刺激，辣是首选。辣的刺激成本最低，效果却最好。典型的小投入大产出。

身边有几位朋友，真是无辣不欢。那天去吃烩面，朋友碗里放了半碗辣子，整个碗红彤彤一片，犹嫌不过瘾。正经辣椒不该这个样子。后来我才猜测，那可能是用玉米芯加红色素，伪装成辣椒来骗取信任的。它们是辣椒里的“余则成”。

在单位食堂吃饭，几位同事更是要带瓶“老干妈”，觉得食堂的菜没味儿，一瓶“老干妈”能干掉好几碗米饭。

选饭店，川菜、湘菜或贵州菜是他们的专利，点上满桌的麻婆豆腐、夫妻肺片、水煮肉片、酸辣蹄筋、腊味合蒸、玉笋鸭舌、剁椒鱼头。我也只有叨陪末座，对辣椒致以江南的敬意。只要有辣椒，就有热烈，就会燃爆所有的热情。他们要的就是口舌生烟，头顶蹿火，浑身燥热，大汗淋漓，猜拳行令，吆五喝六，湿了半个衫子，乱了半个场子。

四川的辣跟湖南的辣、贵州的辣不同。四川的辣是辣中带麻、麻中带香；湖南的辣更直接、更刚烈、更有统治性；贵州的辣憨厚，辣中能品出山地的湿气和浓浓的烟熏味。所以，川菜、湘菜、贵州菜各有拥趸。

如果说墨分五彩，那么辣也分六味：麻辣、糟辣、煳辣、香辣、鲜辣、酸辣。我不懂这些，我只知道，有的辣直来直去，有的辣拐弯抹角，有的辣则像给人当头一击，有的辣三天后还余味未绝。有次吃一种黄色的小尖椒，那辣叫个钻心入骨，直让人欲仙欲死。

那天看到一首咏辣椒诗：

庭前蔓绕双竹架，偏爱一串火辣辣。
生来性情贲爆烈，乜煞柑橘与香杷。
…………
虽无酸甜佐杯羹，却为果蔬味独佳。
离菜三日尤可餐，别君须臾不思茶。

真是说出了嗜辣者的心理。

所以，辣用来形容厉害、火爆、霸气。辣妹，辣妈，辣手，辣招。辣妹子辣，辣妹子从小不怕辣，辣妹子从小辣不怕。辣椒水能防狼，专治辣手摧花。明嘉靖年间杨继盛写下对联“铁肩担道义，辣手著文章”。《红楼梦》中的凤姐做事果敢利落，贾母送她绰号“凤辣子”。食辣的地方出的将军多。

辣椒是果蔬中的异类。同样生长在菜园子，却没有一种果蔬跟它的性格重复，没有一种像它那么特立独行。

但偏偏有人培育出了辣椒其外、果肉其内的品种，美其名曰“柿子椒”。卖菜的因为摸不准买菜人的心思，也学会了见人下菜碟:同样的辣椒分成两堆儿,你问辣椒“辣不辣”时，他就指着这堆儿说，“这个比一般的辣”；那堆儿呢？“比辣的不辣”。这样，你买回去的辣椒永远是一个味道。就像开会表决，塞给你的是两个同样糟糕的提案，你的任何投票结果也只有糟糕。

前任国足主教练米卢说：“态度决定一切。”这话我喜欢。他的态度倒跟辣椒有点儿像——决绝，不妥协，棱角分明。

水煮花生米之恋

那天，一位朋友让大家猜最有特色的下酒菜是什么。一时真把人难住，朋友揭晓谜底：水煮花生米。

这确实有些出乎我的意料。

朋友说，别小看一份水煮花生米，其实最考验功力。一定要头一天配好各种香料调料（如王守义十三香），与花生米一起煮，然后放一晚上，等味道浸入，第二天再卖，这样吃起来才有味道。北京的很多饭店，嫌这样做费事，一般只会上油炸花生米。一家饭店的服务和水平，从水煮花生米上就能看出端倪。

我爱吃水煮花生米，因为水煮花生米是所有酒友的百搭下酒菜、救急菜，什么时候想喝酒，只要端上盘水煮花生米，就算齐活了。因此，它还有个诨名叫“耐叨”。一盘花生米总够“叨”

上个上百次，若换其他菜肴，早就盘空碗净了。

花生是明代才从美洲传入我国的，应该跟烟草是一路来的，所以在古诗文中见不到花生的名字。虽是一路来的朋友，却渐行渐远，贫富差距很悬殊，烟草赚了大钱，花生至今还是穷草根。但近来考古，从汉代遗址中发掘出了疑似花生的炭化植物果粒，未知确否。

那日翻《诗草木今释》，不死心，总觉得应该能找到花生，找到了黍、稷、秬、秠、粟、栗、稻、菽、葵、粱、禾、秾、莠，就是没有找到类似花生的植物。翻阅劳费尔《中国伊朗编》、谢弗（薛爱华）《撒马尔罕的金桃》，也没有花生的踪影，连豌豆、蚕豆都是元代从伊朗传入中国的。

花生，原名落花生，似有“赖好是块地，落下就能生”之意，可见它的生命力之顽强。“落花生”还是作家许地山的笔名，他写过一篇同名散文，自从被收进中学课本后，就变得很无趣了。中学生最痛恨的就是“中心思想”，比如我们上学时的那篇《荔枝蜜》，到最后大家都变成了“为祖国辛勤劳作的小蜜蜂”，有意思吗？再好的文章这样处理，也会失去美感，变成解剖课上用的骨骼，变得如此教条，如此千篇一律，如此扼杀学生的想象力。

前年，我体检时发现血压有点儿高，一次吃饭，有朋友说了个秘方，用红酒泡洋葱，每天饮用。我上网一查，敢情这秘方国际有名，海内外都在喝。但洋葱味儿大，坚持没多久，我还是改成了醋泡花生。一则泡多久都不会坏，越泡越入味；二则拿它当佐餐小菜，早晚吃几粒不费事。花生能软化血管，对心脑血管有益，此点可与红酒泡洋葱有一拼。

开封有种“兴盛德”罐装麻辣花生，很有名的小吃，花生是脱皮的，埋在油炸红辣椒和花椒粒中，吃起来辣爽可口。一次，我们本来是拿它做下酒菜的，谁知大家你一粒我一粒，没等喝酒就吃完了。我试过几次，的确让人上瘾，只要打开一罐，根本停不下来，直到吃完而后快。

还有花生糕，把花生仁打碎后用饴糖粘连在一起，再切成薄片，极其酥脆，吃一口能掉落一片碎渣儿，吃毕满口生香。

但遗憾的是花生糕不比切糕，一车卖不了十六万块钱，这是我为花生糕引为不平的。我虽好之，却无法帮它提高身价。

小时候，我们会猜的第一个谜语几乎都是“麻屋子，红帐子，里面住着白胖子”。冬日全家围坐炉边，边烤火边剥花生吃，直吃得口中生津，把壳儿丢进火膛，陡然亮了起来，其乐融融。

春节之际，哪家桌上不摆上几盘干果？原来花生是主打，近年逐渐有被腰果取代之势。所以人称腰果是“美国花生米”，特点是个儿大。美国来的巴旦杏仁也是，因为个儿大，灭了国产杏仁。

奇怪。

难道，美国什么都大？

烟火气

我喜欢在黄昏中进入一个城市，看着万家灯火，昏黄中朦朦胧胧，传出钢琴声、吵架声、锅碗瓢盆的碰撞声，空气中飘荡着炸丸子熘鱼片炒青菜包饺子的气味，笼罩着浓浓的烟火气，你会觉得在人世间当一个俗人真好。

我们小时候做饭都烧蜂窝煤，习惯了烟火的气息。冬日，能弄个炭盆，往灰烬里扔几个芋头，煨熟后几人分吃，温软滑腻，若能蘸点儿白糖，更是锦上添花。现在家常做饭用天然气，清洁、方便，不会烟雾缭绕，有人反而怀念起乡村的“柴火灶”来。有些农家餐馆瞄准需求，搞起了差异化经营，门口垛以劈柴，专门以“柴火灶”相号召，用果木清香和木柴特有的烟熏气息烹饪菜肴，让你一次怀旧个够。

偏偏有人不喜欢烟火气。记得上世纪八十年代，我和父亲回宜兴探亲，一家近亲也从香港归来。那时香港在我眼里是高不可攀的所在地。果不其然，她那十几岁的孩子就是吃不惯用煤炉煮出的米饭，非说有一种煤烟味。后来只有用香港带来的电饭煲来煮米饭，那是我第一次见到电饭煲。我想，那孩子真是“作”。

其实，烟熏味也是别有风味。你想，我们常吃的熏肉、熏肠，不就是在传统的腊制工艺之外，又多出烟熏这道工序，以满足你吃出烟熏火燎的气息吗？

炊烟历来是人间况味的象征，历代诗人多有吟咏。如陶渊明的“暧暧远人村，依依墟里烟”，陆游的“炊烟漠漠衡门寂，寒日昏昏倦鸟还”，蔡襄的“孤舟横笛向何处，竹外炊烟一两家”，刘基的“炊烟忽起桑榆上，散作鲛绡抹半林”，等等。看到了炊烟，就如倦鸟归林，人们就看到了希望，就有了归属感。

有烟火气就意味着入世，而恬淡无为则意味着出世。我们都是俗人，一天到晚活得生气盎然、八方应和、脚不沾地、其乐融融，柴米油盐酱醋茶一样儿不少，这样的人不可能没有烟火气。但是，在忙着供房子、养车子、送孩子、陪妻子之余，适当抽离一些，用出世精神来观照入世，亦不失为调养精神之道。

记得第一次看到弘一法师的书法，我不禁倒抽一口凉气，才知道什么叫作“没有烟火气”。那真是到了无欲无求、无爱无嗔的地步，不讲求笔法而又自成一体，无所谓美丑而又无可挑剔，似一仙僧嶙峋飘逸而来，不带一点儿风尘，真有《菜根谭》所谓“拨开世上尘氛，胸中自无火炎冰竞；消却心中鄙吝，眼前时有月到风来”的境界。我看到的只有一个字——“静”。

其他人的字，或多或少都有些烟火气。康有为，字似螃蟹伸爪；郑孝胥，则像将军着甲；金冬心，状如臃肿老翁；就连齐白石，也一副贩夫市菜之形。当然，这不是不好，我倒喜欢这入世的风味。前几天观张之洞致张佩纶一则手札，颇有意思：“张家口熏肉信是香美，感谢感谢。但不免如审配所云，但恨少耳，一笑。之洞再拜。”人世间离不开凡俗的交往，这亦有浓浓的人情之美。

逃离火锅

朋友宴客，安排在一家新开的火锅店。

我吃火锅，有过惨痛的经历。那就是：其一，从未吃饱过；其二，火锅的百菜一味，让我想起来就口中无味。不是对朋友不敬，经过充分的思想斗争，只好敬谢不敏。

火锅其实还是蛮有人缘，也蛮有人气的，你看那些有名气的火锅店，到处是人头攒动。尤其是全家人围坐一桌，热气腾腾，云烟缭绕，各色生鲜食料摆满桌上，麻辣酱、海鲜汁、沙茶酱、蒜蓉汁，供人选择，也算是其乐融融。

但我就是喜欢不起来。我只是奇怪：怎么能将所有食料都在开水中涮涮就吃呢？牛肉、羊肉、鱼丸、毛肚、蘑菇、冬瓜、豆腐、白菜，怎么能够是一个滋味呢？一群人在水里面捞啊捞的怎么能够吃饱呢？虽然后来有了一人一份的小火锅，卫生条件大大改善，但实质并没有变化，仍然是一个人在水里面涮啊涮捞啊捞，再蘸着同一种作料，所有的食料仍然是一个味道。

更可怕的是，我吃火锅从来没吃饱过。不是我食量大，也不是我胃口偏，而是那些羊肉片、菜叶子在我肚子里缥缈一过，根本留不下任何痕迹。可能在我的脾胃判断里，那根本就不是菜，而是餐前点心。正餐未到，难免也就无法支撑几个钟点了。

看前辈的著述，无不对火锅（涮锅）褒赞有加，使我颇生“异数”之感。如白居易的名诗“绿蚁新醅酒，红泥小火炉”，据说就是专为火锅所写；朱伟先生考证，在中国，火锅从东汉时就有了雏形，最晚盛行也在南北朝。近如唐鲁孙先生，正宗的老北京，他在《岁寒围炉话火锅》一文中感叹道：“北平最著名卖涮锅子的东来顺、西来顺、同和轩、两益轩几家教门馆子，扇好锅子端上来，往锅子里撒上点儿葱姜末、冬菇口蘑丝，名为起鲜，其实还不是白水一泓。……所以吃锅子点酒菜时，一定要点个卤鸡冻，堂倌一瞧就知道您是行家，……喝完酒把鸡冻往锅子里一倒，清水就变成鸡汤了。”如此秘诀，一看就是老食家的经验之谈，而一般食客，往往也就是吃点儿清水煮白肉的命运了。

徐珂在《清稗类钞》中记载清末时的情景：“京师冬日，酒家沽饮，案辄有一小釜，沃汤其中，炽火于下，盘置鸡鱼羊豕之肉片，俾客自投之，俟熟而食。”吃得兴味盎然，其中不乏洋鬼子们。

在唐鲁孙笔下，美国人艾德敷最爱吃北平那种带多格的共和火锅，调回美国时，干脆定做了两只共和火锅带回故乡肯塔基，使火锅在异国生根开花。就连法国符号学大师罗兰·巴特在吃过日式火锅寿喜烧后都玩味不已，认为这样可以没完没了地做，没完没了地吃，产生自我重述，像一篇连绵不断的文本，因之为火锅赋予了符号学联想。

如此看来，火锅的魔力网住了中外老饕们的胃口与情思，在前辈们对火锅的一篇篇颂歌面前，我的反调唱得有点儿虚弱乏力，能引为同道者不多。于是，我只有孤独地不吃，孤独地逃避乃至抗争，默默地吃我的各式小菜。

忽一天，读到袁枚的《随园食单》，里面有一篇《戒火锅》，总算是找到了知音。他说：“冬日宴客，惯用火锅。对客喧腾，已属可厌；且各菜之味，有一定火候，宜文宜武，宜撤宜添，瞬息难差。今一例以火逼之，其味尚可问哉？近人用烧酒代炭，以为得计，而不知物经多滚，总能变味。或问：菜冷奈何？曰：以起锅滚热之菜，不使客登时食尽，而尚能留之以至于冷，则其味之恶劣可知矣。”呵呵，知音啊！袁枚的理论与我的一样，认为并不是所有食物都可用水涮之的，况且物性不一，火候不同，如此寻求一律，肯定不会好吃。

我是个食物的自由主义者，喜欢丰富多彩、百花齐放，因而推崇每菜一法、百菜百味。所有食物动辄一律，做法相同、味道相同，必定是霸权主义的，是不符合自然规律的。对此，如果反抗无着，我只有一个办法——逃离。

咸鸭蛋

最早惦上高邮咸鸭蛋，缘于金庸先生的《鹿鼎记》。小说第三十回，康熙皇帝为麻痹平西王吴三桂，决定把建宁公主下嫁给吴三桂的公子吴应熊。于是派韦小宝为赐婚使，一路护送公主赶赴云南。到了昆明，吴三桂自然是高接远迎。自小在扬州妓院长大的韦小宝，听吴三桂说话中带有扬州口音，不免心中欢喜，话语中也加重了几分扬州味儿。吴三桂问道："韦爵爷是扬州人吗？"待韦小宝确认后，吴三桂套近乎说："那就更加好了。小王寄籍辽东，原籍扬州高邮，咱们真正是一家人哪。"而韦小宝心中骂道："辣块妈妈，原来你是高邮咸鸭蛋。扬州出了你这个大汉奸，老子可倒足了大霉啦。"

把吴三桂比作高邮咸鸭蛋，一则说明高邮咸鸭蛋有名，成为说到高邮的第一反应；二则也不免有些贬斥高邮咸鸭蛋的意味。就像高邮人汪曾祺先生曾抱怨："我对异乡人称道高邮鸭蛋，是不大高兴的，好像我们那穷地方就出鸭蛋似的。"

这高邮鸭蛋多么有名，从袁枚《随园食单》的《腌蛋》一则中可见端倪："腌蛋以高邮为佳，颜色红而油多。高文端公最喜食之。席间先夹取以敬客。放盘中，总宜切开带壳，黄白兼用；不可存黄去白，使味不全，油亦走散。"这里的高文端公指高晋（一七〇七～一七七八），字昭德，官至文华殿大学士兼吏部尚书、漕运总督，乾隆四十三年去世，谥号"文端"。袁枚跟着高晋在盐商那儿混吃混喝，长了不少见识。

高邮是水乡，盛产大麻鸭，这是鸭子中的名品。鸭多，所以鸭蛋也多。高邮人善腌咸鸭蛋，鸭子在水中多吃活食，鸭蛋中有双黄蛋甚至三黄四黄蛋，这成了当地的标签。

汪曾祺先生对袁枚不甚感冒，他写过一篇小说《金冬心》，骂袁枚是"斯文走狗"，但看了袁子才这条《腌蛋》，感觉很亲切。他总结高邮腌蛋的特点是"质细而油多"，这种腌蛋，"蛋白柔嫩，不似别处的发干、发粉，入口如嚼石灰。油多尤为别处所不及。鸭蛋的吃法，如袁子才所说，带壳切开，是一种，那是席间待客的办法。平常食用，一般都是敲破'空头'用筷子挖着吃。筷子头一扎下去，吱——红油就冒出来了。高邮咸蛋的黄是通红的。苏北有一道名菜，叫作'朱砂豆腐'，就是用高邮鸭蛋黄炒的豆腐。我在北京吃的咸鸭蛋，蛋黄是浅黄色的，这叫什么咸鸭蛋呢！”语气中充满了不屑。吃惯了高邮腌蛋，其他地方的腌蛋真不入他法眼。

袁枚笔下多高官，他是诗坛领袖、“乾隆三大家”之一，与豪门巨贾多有过从，吃请盈门。所以，他的口味难免附和高官，并以此为荣，如《随园食单》有“尹文端公家风肉”“蒋侍郎豆腐”“杨中丞西洋饼”等等。这里搬出文华殿大学士、吏部尚书高晋，本意是想抬高高邮腌蛋的身价，但当地名产素有口碑，岂用他衬托乎？

味极则淡

我平生所喜食物，皆淡。甜者勿太甜，咸者勿太咸，香者勿太香，鲜者勿太鲜。如此，方觉心境平和，有复归大自然之感。

庄子说："五色乱目，使目不明；五味浊口，使口厉爽。"所以，"君子之交淡如水，小人之交甘若醴"。

《吕氏春秋》言："三群之虫，水居者腥，肉玃者臊，草食者膻。臭恶犹美，皆有所以。凡味之本，水最为始。"

李渔《闲情偶寄》："论蔬食之美者，曰清，曰洁，曰芳馥，曰松脆而已矣。不知其至美所在，能居肉食之上者，只在一字之鲜。"

袁枚《随园食单》："求色不可用糖炒，求香不可用香料。一涉粉饰，便伤至味。"

这，不仅仅是饮食，而是上升到了哲学境界。

甜得让你吃几口就腻，辣得使人口舌麻痹味觉全无，自然吗？正常吗？而不自然、不正常，也就长久不了。幼时见现做爆米花，往往只放一两粒糖精，爆好的米花甜度恰好；心想，若一瓶全放里面，岂不更加甜酥可口？事实非也，放多了反而变成全苦。同样，鲜花提炼的香水，若喷少许，准保馨香怡人；倘在屋里摔碎一瓶，那这屋子肯定没法待。新鲜的鳜鱼必定以清蒸为上选。何也？如此清淡，方才现出鳜鱼自身味道的鲜美。

竹笋最简单也最新鲜的吃法，如林洪在《山家清供》中所说：夏初时山林中的竹笋生长正旺盛，刨出一个，扫竹叶在小径中点燃煨熟，其味甚鲜，故名“傍林鲜”。

交友亦然。君子之交淡如水。我虽不敢妄称君子，交友也多不勾肩搭背、如胶似漆。有空多见见，无空各忙各，话题共同则深入交谈，闲来无事则叙叙家常。用不着什么拜把子、结金兰，也不用一日不见如隔三秋，动辄把心窝子掏出来给你看。该义则义一点儿，该疏则疏一点儿，整天价耳鬓厮磨受不了，见面必推杯换盏焉能不烦？缘分未到，任你怎么交往也深不到哪里去的。

朋友问我喜何等文章，答曰：若周作人、孙犁之作，淡而有味。朋友则相反。绚烂之极始归于平淡，他正在绚烂年纪，自然不喜平淡。我倒以为，把文章写得绚烂相对容易，堆砌可矣；

倘若归于素朴，以大众习见的字句写出高妙文章，则非圣手不能为。

中国文化向来推崇“举重若轻”，如老子的“治大国若烹小鲜”者然。别人看来天大的事，他则轻描淡写；外人觉得了不起的东西，他则视为小技。一个“淡”字，道尽“天凉好个秋”之意。

淡，重在心境。心存杂念之人，是无论如何也体验不出淡的滋味的。

情迷私房菜

家庖，就是私家厨子，在讲究饮馔的名门官宦、富商巨族里比较普遍。《扬州画舫录》里记录了吴一山炒豆腐、田雁门走炸鸡、江郑堂十样猪头、汪南溪拌鲟鳇、施胖子梨丝炒肉、张四回子全羊、汪银山没骨鱼、江文密蛼螯饼、管大骨董汤、鲨鱼糊涂、孔切庵螃蟹面、文思和尚豆腐、小山和尚马鞍乔，皆以主人名字命名，可见已成为响当当的招牌菜。在袁枚《随园食单》里，我们见到过尹文端公家风肉、蒋侍郎豆腐、王太守八宝豆腐、萧美人点心、刘方伯月饼等菜肴和面点，能吃上这些，亦是身份的象征。

这些家庖在主人"食不厌精脍不厌细"的提点之下，往往培养出若干绝活，创制出高于一般人口味的菜品。如"满汉全席"，就是乾隆皇帝南巡时，扬州盐商为接待这一满族皇帝创制而成的，让家庖把满人筵席和汉人筵席合而为一，共计一百零八道菜点,极尽奢华之能事。《扬州画舫录》就是最早刊载“满汉全席”食单的一部著作。

后来的文人骚客雅集聚会，也多置美味佳肴，这些手艺或出于家庖，或出于主家的姬妾之手，闻名京师的谭家菜就出自谭瑑青的一位如夫人之手。伦哲如先生《辛亥以来藏书纪事诗》有一首诗写到“谭家菜”，云：“玉生俪体荔村诗，最后谭三擅小词。家有籯金懒收拾，但传食谱在京师。”这里的谭三就是谭瑑青。注解说：“瑑青有老姬，善作馔，友好宴客，多倩代庖。一筵之费，以四十金为度，名大著于故都。”谭家菜最著名的是鸡、海参和鱼翅，水平高于致美斋、恩成居、庆林春、五芳斋、鹿鸣春等大酒楼。最初谭家菜多是聚餐时才做，后来名声逐渐远播，一些社会名流慕名而来，聚资请客，委托谭夫人办菜当炉，也总要留给谭瑑青先生一份杯盏。这里谭夫人就佯充家庖之职了。

苏州文人周瘦鹃的夫人胡凤君也是烹饪高手。周瘦鹃在《紫兰小筑九日记》中就写过：“午餐肴核绝美，悉出凤君手，一为腊肉炖鲜肉，一为竹笋片炒鸡蛋，一为肉馅鲫鱼，一为竹笋丁炒蚕豆，一为酱麻油拌竹笋。蚕豆为张锦所种，而笋则勵之竹圃中者，厥味鲜美，……此行与凤君偕，则食事济矣。”此亦为家庖传统。

陆文夫小说《美食家》里有个嗜吃如命的破落户朱自冶，后来娶了个前政客的姨太太孔碧霞。这个孔碧霞半生在“素手做羹汤”生涯中度过，做得一手好菜肴。此后，那帮老饕的油水已被新政荡涤一空，得知孔碧霞有这手艺，便聚资相邀。而她一出手，就让那帮老饕惊呆了：“洁白的抽纱台布上，放着一整套玲珑瓷的餐具，那玲珑瓷玲珑剔透，蓝边淡青中暗藏着半透明的花纹，好像是镂空的，又像会漏水，放射着晶莹的光辉。桌子上没有花，十二只冷盆就是十二朵鲜花，红黄蓝白，五彩缤纷。凤尾虾、南腿片、毛豆青椒、白斩鸡，这些菜的本身都是有颜色的。熏青鱼、五香牛肉、虾子鲞鱼等等颜色不太鲜艳，便用各色蔬果镶在周围，有鲜红的山楂，有碧绿的青梅。那虾子鲞鱼照理是不上酒席的，可是这种名贵的苏州特产已经多年不见，摆出来是很稀罕的。那孔碧霞也独具匠心，在虾子鲞鱼的周围配上了雪白的嫩藕片，一方面为了好看，一方面也因为虾子鲞鱼太咸，吃了藕片可以冲淡些。”在“文革”前夕，万物萧条，口舌寡淡，老饕们哪见过这阵势啊？

陆文夫的《美食家》早已成为苏州美食的招牌。逯耀东从台湾到大陆，还专程到苏州拜访陆文夫。陆文夫曾开办“老苏州菜馆”，全力弘扬姑苏风味，无奈潮流所及，无法抵挡，“老苏州”黯然歇业。陆文夫感叹世道变化太快，往日的饮食境界已经不再了。

听说最近苏州半园推出了“孔碧霞宴”，够风雅。我想，弄这么个小说中人物，能振兴苏州私房菜吗？

苦瓜帖

古有《苦笋帖》，今作《苦瓜帖》。

怀素《苦笋帖》云："苦笋及茗异常佳，乃可径来。"古人嗜吃苦笋，味微苦而回甘，用以清炒或炖五花肉最为适宜。四川宜宾产的苦笋尤为著名，黄庭坚尝作《苦笋赋》，谓："僰道苦笋，冠冕两川，甘脆惬当，小苦而及成味，温润稹密，多啗而不疾人。盖苦而有味，如忠谏之可活国；多而不害，如举士而皆得贤。"

僰道，即属古宜宾县。黄庭坚把苦笋比作苦谏之士，虽忠言逆耳，却是国之"贤士"。笋就是笋，赋予太多的政治含义恐怕非它所能承受。黄庭坚确实喜食苦笋，他有一首《从斌老乞苦笋》："南园苦笋味胜肉，籜龙称冤莫采录。烦君更致苍玉束，明日风雨皆成竹。"陆游也好这一口儿，他写道："长鱼腹腴羊臂臑，馋想久矣无秋毫。今朝林下煨苦笋，更觉此君风味高。”

苦瓜则不同。苦瓜夏季常见，癞痢头般的形状，长相不佳，尤其是苦味不招人待见。谁没事喜欢吃苦呢。我小时候就极不喜欢吃苦瓜，那东西苦涩难咽，见到家中炒苦瓜就皱眉头。

少年不识愁滋味，只贪甜、贪鲜。岂止愁滋味，更不识苦滋味，所以不爱吃苦瓜也在情理之中。那时生活不富有，别说吃好东西，根本就没见过什么好东西。邻家有位姐姐在糕点店上班，每月都能很便宜地买到碎点心，吃起来甜甜糯糯的，让我们这帮孩子好生羡慕：看人家的日子，多香甜！

十岁时第一次尝到啤酒，几毛钱一瓶，苦苦的，确实像喝刷锅水。那时一碗馄饨才八分钱，而啤酒这么贵，又不好喝，想不明白谁会爱喝这个。及长，才发现啤酒的苦味中竟有那么丰富的内涵，资深酒鬼能从中品到坚果味、稻谷味、麦芽味、果蔬味、硫黄味、烘烤味，甚至猫尿味、皮革味等，就非寻常人所能道了。以至于我有个同事，顿顿离不开啤酒，直接把啤酒当饭吃了。

苦常与愁相连，贫贱日子愁事多，愈愁愈苦。黄连树下弹琵琶，谓苦中作乐。作乐，就是对苦的化解。

直到酸甜苦辣咸人生百味吃遍，才感悟到人不能只沉溺于甜蜜，还要经历酸辣，经历痛苦，经历磨砺，经历蜕变，甚至需要自寻苦吃。不然，遇到痛苦只有逃匿一途了。

清初画家石涛别署苦瓜和尚，他这样自况：“诸方乞食苦瓜僧，戒行全无趋小乘。五十孤行成独往，一身禅病冷于冰。”

苦瓜孤绝，独来独往，炒菜时，它只会自苦，而不会使其他菜肴沾染苦味。这也算一种洁身自好吧。苦瓜能清热，能败火，去燥气。什么时候学会吃苦瓜，才算人生进入了成熟期吧。

似醒似睡，缓缓的柔光里／似悠悠醒自千年的大寐／一只瓜从从容容在成熟／一只苦瓜，不再是涩苦／日磨月磋琢出深孕的清莹／看茎须缭绕，叶掌抚抱／哪一年的丰收像一口要吸尽／古中国喂了又喂的乳浆／完美的圆腻啊酣然而饱／那触觉，不断向外膨胀／充满每一粒酪白的葡萄／直到瓜尖，仍翘着当日的新鲜

这里描绘的是故宫一枚玉雕苦瓜。余光中以“白玉苦瓜”为意象，从那晶莹饱满的包浆中窥出了深藏于古中国的况味，确乎一言难尽。

肉食者不鄙

我不是个酒肉之徒，对酒肉没有狂热喜好，但也不会戒绝不吃，只是随性而已。

我尊重食素者，但希望是发自真心，而非装的。近来流行仁波切，朋友圈里充满佛教徒，弄得不信佛都不好意思在圈里混。好像食素才是唯一高雅的生活方式，即使私下偷偷吃肉也要装作满肚草料。

当然那是人家的事儿，吃什么都是自己的选择，与我无碍。我只是想说，别装。

古代食肉者多为豪族、高官，小老百姓欲吃而不得，故而食肉与否成为划分阶层的标志。“肉食者谋之，又何间焉？”“肉食者鄙，未能远谋”，那帮脑满肠肥的家伙活该被鄙薄。李渔如此解释其“鄙”何在：“食肉之人不善谋者，以肥腻之精液，结而为脂，蔽障胸臆，犹之茅塞其心，使之不复有窍也。”

究其实，肉食者华堂豪宅、家财万贯，革命起来难免左支右绌、顾忌太多。“平时危冠尽肉食，一旦仓猝方见人。”所以老人家说，“高贵者最愚蠢，卑贱者最聪明”。无产者身上无肥膘、肚中无油水，无所依傍，亦无所损失，冲杀起来自然没有负担。但他冲杀的目的大都还是为大口喝酒、大口吃肉、大秤分金银的，如梁山泊的众好汉们然。若说革命是为了吃素，那是连他们自己都不会承认的。这点无须讳言。和平年代，也不妨多吃点儿红烧肉，“补补脑子嘛”。

现在的孩子，往往无肉不欢，这是本性的流露。本来人类是杂食动物，既食肉类，也食蔬果。压抑本性，原是件很痛苦的事儿。肉类富含蛋白质、脂肪、氨基酸以及钙、磷、铁等微量元素，是人们生长发育少不了的。不吃，难免营养不足，反正我知道和尚跟居士是以豆制品来补充肉类不足的。

像苏东坡那么高雅、达观之人，在被放逐黄州之时发明了“东坡肉”，“净洗铛，少著水，柴头罨烟焰不起。待他自熟莫催他，火候足时他自美。……早晨起来打两碗，饱得自家君莫管”。吃与不吃，先放下不争论，饱了肚子再说。这才是实事求是的做法，而不搞食物上的形而上学。

东坡笔下还有个酒肉和尚，遇到大将军王彦超，奉上蒸猪头解馋，还当场作诗曰：“嘴长毛短浅含膘，久向山中食药苗。蒸处已将蕉叶裹，熟时兼用杏浆浇。红鲜雅称金盘饤，软熟真堪玉箸挑。若把膻根来比并，膻根自合吃藤条。”将军一高兴，授予其“紫衣大师”称号。这和尚虽生冷不忌，但不失率真本性，坦荡荡爱吃就吃，比装模作样可爱多了。

反正我是不管白肉、红肉，只要一时兴起，就下厨操作，尤其红烧肉、回锅肉堪称拿手。回锅肉，郫县豆瓣是关键；红烧肉，炒糖色则是口感和卖相的双重考验。

不过，食肉并不是以排斥果蔬为前提的，二者可并行不悖。但按国际标准来衡量，中国人的食肉量远远不够。我年轻时常说中国人要多吃肉，尤其是牛肉，用以改善人种。你看欧洲球员在足球场上九十分钟跑动没有停歇，中国球员后半场往往体力不支，跟彼此膳食结构不同大有关系。总得先吃个精神饱满才行。

话扯远了。无非是想告诉年轻人，大块吃肉，此其时也，从你做起，从现在做起。别管什么鄙与不鄙。鄙乎哉？不鄙也。

乡愁是一碗暖暖的羊肉汤

我的故乡在太湖边的宜兴。

在我的记忆里，乡愁就是那一碗喷香的羊肉汤，尤其是冬季正益温补，想一想都会让人浑身充满暖流。

我喜吃羊肉，一半是出于吃货本性，一半可慰我那浓浓的乡愁。太湖附近的“藏书羊肉”，更是格外有名。一碗在手，汤汁浓郁，热气腾腾，大块的羊肉肥美细嫩，几无膻味，香气四溢，大快朵颐后拥被而眠，可忘身归何处。

多年未归，烟波浩渺的太湖时刻牵我入梦。初冬时节，我与朋友去了趟太湖。我们先到苏州，苏州城内到处都能看到“藏书羊肉”的招牌，忍不住食指大动。

“羊肉”还能“藏书”？多会激起人们的无限联想。在苏州当地，也有很多年轻人闹不清楚，“藏书”到底是念“藏(cáng)”

还是“藏（zàng）”？说个典故，你就能明白了。苏州西郊处于穹窿山麓的丘陵地带，西汉时，年轻的朱买臣常放羊于此。但他喜爱读书，经常任羊儿东游西窜，致使羊儿跑丢。他媳妇不愿意了，经常来搜书，朱买臣就把书藏于大石头下以蒙混过关。后来，朱买臣成为会稽太守，其“藏书”地点就变成了小镇名。

说到这儿，你该知道这个“藏”字怎么念了吧？

藏书小镇毗邻太湖，这里群山绵延、植被丰富，故养出的羊格外肥嫩。这一带农人有农闲季节挑担烧羊肉、卖羊肉的习俗，此地羊肉味美，加上他们善于烹煮，久而久之，“藏书羊肉”便成为当地一块响当当的美食招牌。

因急于赶往太湖，想着到太湖小岛也有吃“藏书羊肉”的机会，我们就先行出发了。谁知到太湖深处的小岛住了两天，著名的“太湖三白”（白鱼、白虾、银鱼）倒是都尝了，也持螯（太湖大闸蟹）痛饮了绍兴黄酒，就是没见着“藏书羊肉”的踪影。问当地农家乐店主，说此时正值旅游淡季，“藏书羊肉”都歇业回家了。只好让店主炖了些红烧羊肉，看来享用“藏书羊肉”只有另寻机会了。

朋友知道我爱吃羊肉，每年冬天都从内蒙古捎来宰好的羔羊，这样我们全家就能在浓郁的羊肉汤膻香味中度过一整个冬天了，虽然比不上“藏书羊肉”亲切，亦可稍慰我失落之心。

中国人讲究食补，袁枚《随园食单》载：“冬宜食牛羊，移之于夏，非其时也。”李时珍《本草纲目》也说：“用白羊肉半斤，切生，以蒜薤食之，三日一度，甚妙。”读宋代笔记，犹感其时羊贵而猪贱。苏东坡在黄州时，猪肉没人吃，“价格贱如泥”，弄得他老人家每天早上饱食一大碗。后来东坡被贬谪惠州，就没那么幸运了，此地很少养猪，而羊肉只有当官的才买得起，他因此发明了“羊蝎子”吃法，说白了，就是吃一些别人不要的羊脊骨。他给弟弟子由的信中说：“惠州市井寥落，然犹日杀一羊，不敢与仕者争买，时嘱屠者买其脊骨耳。骨间亦有微肉，熟煮热漉出（不乘热出，则抱水不干），渍酒中，点薄盐炙微燋食之。终日抉剔，得铢两于肯綮之间，意甚喜之。如食蟹螯，率数日辄一食，甚觉有补。”苏东坡就是这么个不可救药的浪漫主义者，弄两根羊脊骨，也写得如此诗意盎然、情满意足。

虽然东坡先生经常吃不到羊肉，别人却拿他的字换了好多羊肉。宋代有“苏文熟，啖羊肉；苏文生，啜菜羹”的时谚。据说韩宗儒是个饕餮之徒，他常致信东坡先生，每得坡公手帖，辄向殿帅姚某换羊肉十数斤；东坡先生写有著名的《菜羹赋》，别人在津津有味地吃羊肉，他老人家还在兴致勃勃地吃菜羹呢。

古人训“美”字从羊、从大，谓羊之大者方为美；而味之美者，曰“珍馐”，这馐字就是羊脸。可见羊肉在中国饮食中的地位不容撼动。宋代和尚惠洪在《冷斋夜话》中有则“禅师知羊肉”，说一个叫珍的和尚某天撞见当地郡守携客来游，他就坐在旁边，郡守对客人介绍：“鱼稻宜江淮，羊面宜京洛。”客人还未回答，这位珍和尚就忍不住了，说：“世间最美味者莫如羊肉，而且性极暖，最适于人食用。”郡守面色大变，许久才问：“禅师是怎么知道羊肉性暖的呢？”珍和尚镇定答曰：“经常睡在羊毛毡上的都知道呀，它的毛都那么暖和，其肉可想而知啦！比如您治理一个郡，政绩都这么好，让您到朝廷当京官也肯定错不了啦。”一个温柔的马屁，可见连和尚都被羊肉之味美而吸引，况乎他人？

辑二 落英

皮上松花

中国人太爱吃，吃的花样又太多，甚至容易吃得让人摸不着头脑、吃得产生误解。

比如台湾作家刘克襄在《岭南本草新录》中，记有一种叫“鸭仔蛋”的东西（大陆也有，叫“毛蛋”），做法甚是诡奇：“先将孵了近三星期尚未形成雏鸭的鸭蛋，用开水煮熟。敲开蛋壳后，加上胡椒盐和越南香菜调味，以小匙羹，挖出来吃。吃的时候，常见及小鸭的骨骼或羽毛，不敢吃的人难免惊悚。……至于为何要使用越南香菜，猜想是可以镇住腥味。”

这样的吃食，据说有滋补养身之效，更有助于女人永葆青春。但外国人见了这毛茸茸的东西，肯定会觉得中国人的饮食文化有杀戮之气。

就在二〇一一年，美国有线电视新闻网（CNN）就把中国皮蛋评为“全球十大恶心食品”之首，一时引起轩然大波。原因是那颜色黑乎乎的、味道怪兮兮的皮蛋被称为“恶魔煮的蛋”，让美国人觉得不可思议且不可理喻。这种文化歧视当然激起了中华美食拥趸的强烈反击，同时把散着腐臭的奶酪、带着血水的牛排痛快地腌臜了一番，最终以 CNN 道歉而告结束。可见，中西饮食文化的隔膜就是这样深，真所谓“吃不到一个锅里”也。

人类的胃，是标准的文化之“胃”，别人觉得再好吃的东西，没有文化的支撑，你也会觉得味同嚼蜡。大家都有过出国后饱受西餐摧残的经历，回国后的第一选择往往就是吃一大碗面条来纾解相思，更有甚者出国时就带上速食面。是西餐不好吃吗？不，是中国人的胃不适应，是千百年来形成的饮食习惯、饮食文化在作祟。

其实，我倒是蛮喜欢撒上姜末、淋上醋汁的凉拌皮蛋，带有淡淡的碱味儿，别具特色，佐以白粥，堪称美味。广东特产的皮蛋瘦肉粥早已广征东西南北，成为各式养生粥类的主打，但凡有粥的地方必有皮蛋瘦肉粥。那么，以皮蛋作为此粥的独特配伍，不知经过多少次实验才能搭配到如此妥帖、如此和谐，可谓是神来之笔。

关于皮蛋的来历，传说很多，但真正见诸记载的是十四世纪元代农学家鲁明善的《农桑衣食撮要》，载鸭蛋“每一百个用盐十两、灰三升，米饮调成团”，裹之可成。明代《竹屿山房杂部》的配方是：“取燃炭灰一斗，石灰一升，盐水调入，锅烹一沸，俟温，苴于卵上，五七日，黄白混为一处。”五七三十五天，鸡蛋就凝固了，成了晶莹透亮、弹性十足的皮蛋。此后文人墨客记载、吟咏不断，连张岱这样的名士都写下咏祁门皮蛋的诗：“夜气金银杂，黄河日月昏。”可见在明末时，皮蛋已是寻常百姓家中的常见之物了。

汪曾祺先生的家乡江苏高邮盛产大麻鸭，高邮的咸鸭蛋非常有名，袁枚《随园食单》对高邮腌蛋颇为夸奖；朱伟在《考吃》一书中引用康熙时《高邮州志》，称此地皮蛋亦佳，“入药料腌者，色如蜜蜡，纹如松叶”，只是汪曾祺先生只说腌蛋，不说皮蛋，对此未着一字，不知何故。

亚洲人同源同种，对皮蛋的看法就有异于欧美人。日本学者青木正儿在《中华腌菜谱》中写下自己对皮蛋的浓浓感情：“皮蛋一名松花蛋，在日本的中华饭馆也时常有，蛋白照例是茶褐色有如果冻，蛋黄则暗绿色，好像煮熟的鲍鱼的肉似的。据说，是用茶叶煮汁，与木灰及生石灰、苏打同盐混合，裹在鸭蛋的上面，外面撒上谷壳，在瓶内密封经过四十日，这才做成。我想这只有曲店或是做豆豉的老板，才能想出这来。总之不能不

说是伟大的功绩了。不晓得是谁给起了松花的名字，真是名实相称的仙家的珍味。”（载周作人译《如梦记》）

青木先生一九二二年至一九二四年来中国考察过，他的感受是第一手的：“北京的皮蛋整个黄的，不是全部固体化，只是中间剩有一点黄色的柔软的地方，可以称为佳品。因此想到是把周围的暗绿色看作松树的叶，中间的黄色当作松花，所以叫它这个名字的吧。……想出种种的花样来吃，觉得真是讲究吃食的国民，不能不佩服了。”（周作人译）

青木正儿翻译过袁枚的《随园食单》，自己还出版过《华国风味》，对中国的饮馔很有研究。看看他文章的题目《肴核》《鱼脍》《苦菌颂》《河豚和松蘑》，是不是就让人口舌生津？

甜蜜之忆

很多美好的东西都能与“甜”字挂起钩来：如“甜蜜的回忆”“甘甜的乳汁”“甜甜的睡眠”“笑得很甜”“甜姐儿”等等。甜食更是伴随着多数人的儿时记忆，而这个制造甜蜜离不开的“糖”，细究起来，竟是一部文化史。

最近搜检有关饮食史的史料时，关于糖的史料屡次引起我的极大兴趣。美国学者谢弗（薛爱华）的《撒马尔罕的金桃》是一部汉学名著，它记载了唐时很多植物、食物、药物、器物的中外交流史。谢弗说，唐代吃的甜食通常是用蜂蜜做的，而公元前二世纪中国人就用谷物造出了“麦芽糖”，但它跟蔗糖相比已索然无味。公元七世纪，唐太宗曾把二十根甘蔗作为珍贵礼物赠给一位臣民。但当时甘蔗榨汁晒干后的晶体多为红褐色，而西域进贡的“石蜜”质地优良洁白，据说是用蔗汁与牛乳和煎而成，唐太宗还派使臣去摩揭陀国（今印度境内）学习过这种奇技秘术。

季羡林先生晚年的巨著《糖史》，更是从文化史的角度爬抉钩沉，从南北朝时期翻译的佛教典籍里找到了关于甘蔗、石蜜和糖的记载，得出中国蔗糖制造是始于三国魏晋南北朝到唐代间的某一时期的结论。唐代《新修本草》就有“沙糖”条目，并说是“笮甘蔗汁煎作。蜀地、西戎、江东并有，而江东者先劣今优”。这与《新唐书》中说去摩揭陀国学习前的蔗糖制造“色味愈西域远甚”的记载是一致的。

到了晚明时期，中国已成为白砂糖的制造和输出大国。这时，中国的蔗糖制造所用的“黄泥水淋”脱色法已相当成熟，而波斯人的精炼技术是在熬制时加入牛奶，成本要高于中国。于是，中国人所独创的“黄泥水淋”脱色法又传回精炼蔗糖的祖先印度孟加拉地区。据《东印度公司对华贸易编年史》记载，崇祯十年（一六三七），一个英国船队从中国购买白糖一千担；同年十二月，又购买糖一万二千零八十六担、冰糖五百担。后来英国人发现，苏门答腊和印度产的白砂糖比在广州购买的还要便宜。可见相互学习极大地促进了生产技术的提高和成本的降低。

据日裔美国人西敏司在《甜与权力——糖在近代历史上的

地位》中的研究，十七世纪前，糖在英国是代表社会地位的，成功商人和新封贵族在宴请客人时都以摆上精致的糖雕为荣，这是最能显示主人身份和气派的。由于蔗糖的稀缺性，人们还赋予了它一定的药用价值，如能治疗咳嗽、喉炎、呼吸困难等疾病。从一六五〇年起，一是由于从东方大量进口蔗糖，二是当时大量的非洲奴隶贸易以及英国殖民者在巴贝多、牙买加及其他岛国广泛建立的甘蔗种植园，能确保提供数量巨大且价格便宜的蔗糖，糖在英国等欧洲国家才从奢侈品和稀有品变成日用品和必需品，这正是在崇祯末年到清初时期。而从十七世纪起，在欧洲，蔗糖的消费彻底超过了蜂蜜和其他糖制品。糖的消费量还一度成了生活标准提升的标志，“代表面包从消费量的下降曲线，是靠糖和甜食的上升曲线来弥补的”。而对糖、茶、咖啡之类商品的征税，也为这些国家的财政贡献了巨大收益。

直到目前，英国人和法国人在饮食中都保持了浓厚的甜食传统，如英国的下午茶和法国的餐后甜点；在美国，因食用甜食造成的肥胖已成为巨大的社会问题；而高血压、高血脂、高血糖也成为时下困扰我国众多人群的健康杀手，各种蔗糖的替代品也层出不穷。

法国哲学家罗兰·巴特说过：“食物有着双重的意义，既是营养物质，又是社会礼仪和规范；而它作为社会礼仪规范的一面，当人们的基本生理需要得到满足之后，不断变得越来越重要。”社会流行的饮食潮流和风尚，更多地左右了我们的行为和选择。想一想这几百年来的历史，与其说是人类在改变着饮食，不如说是饮食在改变着人类。尤其是现代食品工业被巨大的利益链、利润链操纵着，又像是一头巨兽，裹挟着各种添加剂和既得利益呼啸而来，我们的选择往往是被动的。

也许，我们与糖一样，只是一粒小小微尘。

鸽子肚里包黄雀

因祖籍江南，家姊会烧几个淮扬风味的拿手菜，其中我印象最深的一个是“蛋饺”，一个是“酿豆腐”。

蛋饺就是蛋液做的饺子，做法是鸡蛋打散若干个，以盛饭用的金属汤勺置于火上，待油热后摊成鸡蛋薄饼，再以调好味道的碎肉为馅儿，折拢一下，使之凝固成蛋饺。蛋饺用来炖菜，荤素搭配真是味道好极了。

而酿豆腐是以豆腐为原料，切成小方块，每块中间挖洞，以作料酿好的肉馅填之，入锅两面煎至金黄，取出后加油，以生姜末儿和大蒜末儿炒香，再次入锅以高汤煨至收汁，装盘后即可食用。

这两款菜肴的特点就是材料简单易得，但比一般家常菜精致。在物质生活不太丰富的年代里，想起这两款菜就会让我口中生津，欲得之而饱餐一顿。

我想起这两款菜，是因为它们一个是鸡蛋里包着肉，一个是豆腐里面酿着肉，是难得的下饭好菜，共同特点是美味层层相叠。

这使我想起武侠小说家古龙的《楚留香传奇之大沙漠》。楚留香做客大漠之上，在龟兹王帐中，“只见四条精赤着上身的大汉，抬着条香喷喷的烤骆驼进来，龟兹王手持银刀，割开了骆驼肚子，骆驼肚子里竟还有条烤羊。羊肚子里又有只烤鸡。……剖开鸡腹，以银刀挑出个已被油脂浸透了的鸡蛋”。龟兹王捋须大笑道：“此蛋最是吉祥，从来都只有贵客才尝得到的。”原来，所有东西都是铺垫、都是“药引”，最尊贵者，原来就是那个小小的油浸鸡蛋。

这里面，实际上形成了一个类似中国套盒或俄罗斯套娃的结构，大玩偶套着小玩偶，层层相套，里面的东西可以发展到无限小。这在饮馔中都有着无数个例子。

钱锺书先生在一九四五年写就的《小说识小》一文中，引用晚清谴责小说《负曝闲谈》主人公陆鹏夸言府里饭菜的说法：“有一只鹅，鹅里面包着一只鸡，鸡里面包着一只鸽子，鸽子里面包着一只黄雀，味道鲜得很！”钱先生称此烹饪之奇闻，正与古罗马彼德罗尼厄斯在《讽刺小说》中说的相似，里面有馔食曰“脱罗爱野猪”（Verres Trojanus），是“烤野猪腹中塞一牝鹿，鹿腹中塞一野兔，兔腹中塞一竹鸡，鸡腹中塞一夜莺，重重包裹”。

巧的是淮扬菜中就有款名菜“三套鸭”，跟上述描写很相像，秘诀就在于一个“套”字。它的最外面是一只家鸭，家鸭肚中塞一只野鸭，野鸭腹中再塞一只菜鸽，中间的空隙里塞进冬菇、笋片、火腿片，以砂锅焖炖三个小时后起锅，飘香扑鼻。可见《负曝闲谈》中所言不虚。

实际上，这种中国套盒或俄罗斯套娃结构的影响，不局限于餐饮界，在文学艺术方面也有着无数的事例。

二〇一〇年诺贝尔文学奖获得者巴尔加斯·略萨在其《给青年小说家的信》中，就有一章名为“中国套盒”，深入阐发了这种故事套故事的写法在文学中的应用。他列举了阿拉伯名著《一千零一夜》，主人公山鲁佐德为了避免被萨桑国王绞死，每天晚上给他讲一个故事，天亮时每个故事又留一个悬念，使得生命得以延长一天，直至国王被讲故事的人所征服，赦免她一死。这里，聪明的山鲁佐德运用的就是故事套故事、故事里穿插故事的手法，从一个盲僧侣的故事中，引出四个商人，商人讲述麻风病乞丐的故事，里面有一个爱冒险的渔夫，渔夫又把在海上惊心动魄的经历讲给听众们……故事彼此关联，后者从属于前者，一级、二级、三级，直至无限，使人欲罢不能。就这样，山鲁佐德不仅拯救了自己，也拯救了更多可能被国王杀害的无辜少女。

在巴尔加斯·略萨推崇的作家中，豪尔赫·路易斯·博尔赫斯和胡安·卡洛斯·奥内蒂都是写故事套故事的高手。博尔赫斯的作品大家都很熟悉，奥内蒂的《短暂的生命》据说是运用这种手法打破了虚构与现实的界限，能够使人们分享更加广阔的内容。

有本奇书《哥德尔·艾舍尔·巴赫：集异璧之大成》，里面介绍版画家艾舍尔的作品，就以彼此关联又变异的怪圈著称，在有限中包含无限，有着很深的哲学内涵。不过这又上升到更高层次的“套盒”了，不说也罢。

何物最美味？

天底下何物最美味？这是个言人人殊的问题。

宋代美食家林洪有部《山家清供》，酷似今天的美食小品，里面记载了各种私房菜，其中就有这样一个问答。

北宋时，有一次宋太宗问宰相苏易简："在各种食品中，什么东西最珍贵？"苏易简回答："食无定味，适口者珍。臣心里就觉得齑汁味道最美。"宋太宗笑问什么是"齑汁"，苏易简以善饮著称，他说："有一晚天寒地冻，臣在火炉边痛饮烧酒，喝得酩酊大醉，随后盖着厚被子蒙头便睡。夜半忽然口渴醒来，见满院中月色映照着雪景，令人心爽，有个昨天放剩菜汤的小瓮被残雪覆盖着。我顾不上叫侍童，就捧起一把雪搓搓手，击破上面的薄冰，一口气喝了个肚圆。臣觉得此时就是上天的仙人厨子，做好上乘的鸾凤脯肉，也比不上这个味道美。"宋太宗笑而颔首。后来有人问那“齑汁”是什么配方，苏的厨子解答说：把青菜剁碎，用面条汤一煮，既解酒又止渴，真是好东西啊。

你看，一碗菜汤就成了天下美味，够风雅吧？

历史上不乏别人觉得稀松平常的东西，在另一些人嘴里却成了珍稀美味。比如明朝开国皇帝朱元璋，当皇帝之前逃过荒，饥饿难耐，两个乞丐用白菜帮、菠菜叶、剩米饭、馊豆腐一起炖成大锅菜，还美其名曰“珍珠翡翠白玉汤”，救了朱的命，也从此成了老朱朝思暮想的美味。后来在宫中，山珍海味吃遍，也不如这“珍珠翡翠白玉汤”，宫中御厨无论怎样“仿制”也弄不出当初那种味道……这也说明，什么东西最好吃，跟当时的环境、条件密切相关。

比如，现在名头叫得极响的“东坡肉”，工艺、配料自然是极其精细，做好后是入口即化、肥而不腻，它当初的诞生却非那般美妙。“净洗铛，少著水，柴头罨烟焰不起。待他自熟莫催他，火候足时他自美。黄州好猪肉，价贱如泥土。贵者不肯吃，贫者不解煮。早晨起来打两碗，饱得自家君莫管。”那是苏东坡被贬“下放”到黄州时，工资时常断顿，当地人不会烹制猪肉，价格又极便宜，所以东坡居士才得以每天早上都能煮上两大碗，吃得肚圆，以至于今天看到的东坡小像都是微胖的。你说这是什么好食物？环境所逼而已。再如，同样名气很大的“东坡羹”，做法就是把萝卜、荠菜切细，取井水与米糁一起煮烂，东坡称之为“或非天竺酥酡，人间决无此味”。这是什么美味？不就是菜汤煮饭嘛，徒安了一个美妙的名头而已。但在当时，这又是无法替代的美味佳肴。

袁枚在《随园食单》中说：“贪贵物之名，夸敬客之意，是以耳餐，非口餐也。不知豆腐得味，远胜燕窝；海菜不佳，不如蔬笋。”现在请客吃饭，似乎不来个鱼翅海参不足以展示档次、表达敬意，是典型的“耳餐”。鱼翅，百姓戏称为“粉条汤”，吃起来寡淡无味无甚乐趣。岂不知现在海货市场鱼龙混杂，这鱼翅很多就是用明胶做成的，连粉条的营养都不如。水产协会的诸位大佬告诫我们，拒吃鱼翅才是最大的浪费，吃了才对得起鲨鱼们。姑且不论这是什么逻辑，弄一碗不明味道的“档次”来吃，本身就是件很无聊的事。

说到底，什么东西最美味，本身就见仁见智。只要由着自己的性子，可以是小龙虾，或者是鸡爪子，也许是鸭脖子，不妨是猪头肉，管他旁人怎么说，自己吃着开心就好。

食之粗鄙

饮食，到达一定境界，定会尚精致、弃粗陋。对食者如此，对庖人亦复如此。

然而，在精美的饭食之后，往往有我们看不到的粗鄙一面。如新闻媒体曝光的供给肯德基的“六和鸡”多为靠各种抗生素、激素支撑的“药鸡”，欧洲的牛肉被堂而皇之地用马肉所代替。我们常吃的烤羊肉串，据说多是用鸭肉串在羊尿中涮了涮，增加了点儿羊膻味而已。国外饭店有透明开放式厨房，中式后厨的惯例却是“闲人免进”，可见餐厨一技透明之难。

难道厨艺神乎其技者，必有我们不可寓目的奇妙手段？

清人陈其元《庸闲斋笔记》载，他祖父讲过这样一个故事：嘉庆初年，在四川一个驿站遇到福文襄郡王到边区巡幸，各州县自然是好吃好喝极力巴结他。王爷喜欢吃白煮肉片，且必须是用全猪煮烂做成。于是设一大镬，投全猪于中煮之。这边还没煮熟，那边打前站的说王爷马上就到。因为距住宿地尚远，所以一到就即刻吃饭，以便赶路。无奈猪肉尚未熟透，厨师大窘，忽然登上灶台解开裤子，往镬中撒了泡尿。旁人大惊，忙问其故，厨师答曰："忘带皮硝，以此代之。"一会儿郡王驾到，马上吃肉，尚未吃完，忽然传呼某办差人，旁人惊出一身冷汗，想着必发觉"其味有臭矣"。谁知王爷竟连声夸奖，一路上的煮白肉没有像此驿站这么味道鲜美的，乃奖赏办差者绸缎褂料一副。

你道是奇也不奇？一泡尿撒出个味道鲜美的白煮肉片！

当然，这不是为鸭肉涮羊尿而辩白。想来这厨师知道皮硝能够熟制动物毛皮，使之柔软，因而在炖制肉类时经常加少量使用，而尿的某些元素恰好能起到相似作用。这一经验使然，才有了小便炖全猪的笑谈。

作家莫言在小说《红高粱》中，也描写了一群酿酒工在高粱酒中"撒泡尿"而成就远近闻名的"十八里红"奇迹。那高粱酒"香气馥郁、饮后有蜂蜜一样的甘饴回味、醉后不损伤大脑细胞"，并且是"家传秘诀"，绝不轻易泄露，"传出去第一是有损我家的声誉，第二万一有朝一日后代子孙重开烧酒公司，将失去独家经营的优势"，言之凿凿，让人真假莫辨。小便也能让高粱在酿造中产生某种奇妙的化学反应？或许这只是“小说家言”。

据那位陈其元说，小便的确有很多功用，他以自己的耳濡目染告诉我们：“淮甸虾米贮久变色，浸以小便，即红润如新；河南鱼鲊在河上斫造，盛以荆笼，入汴，道中为风沙所侵，有败者乃以水濯，小便浸一过，控干入物料，肉益紧而味回。”其间原理，似乎既有化学的也有物理的变化。所以，虾米、鱼鲊，这些食物“江南人家均珍为美味，习而不察，无乎不可也”。

告知这些内幕，并非说我们现今的虾米、鱼鲊里都有“小便”，只是说明历史上的饮馔曾这么粗鄙过。而随着科学技术和卫生观念的进步，这些做法都很难存在于我们的生活中，但从时不时冒出的马肉冒充牛肉、鸭肉伪装羊肉的事件上看，若真正禁绝恐怕还需些时日，仍需小心为妙。

有所不食

二〇一二年五月，一个幽灵，一个让吃货抓狂的幽灵在中国上空徘徊。那就是央视纪录片《舌尖上的中国》。

一部热播得一塌糊涂的电视片竟有如此多的功能，也是超出人们想象的：它是一曲食物与大自然的赞美诗，它又是一部真正的爱国主义教育片，它的广告作用快速拉动了各种珍稀食材的销售，它又让各地吃货愤怒声讨为何镜头对准本地如此之少，它勾起饱受西餐折磨的海外游子的浓浓乡愁，它又使多少老外流着哈喇子竞相闻香蜂拥至我泱泱中华……

精美的画面加上那饱含肉汁的解说，让吃货们夜半看来总要弄些什么来吃吃方才解气，以至于让我们从现实环境中暂时抽离，忘记自己实际生活中的地沟油、毒奶粉、三聚氰胺、苏丹红、二噁英、工业盐、皮鞋胶囊、垃圾猪……

其实这部片子还欠缺一个重要的侧面，那就是中国人对各种可吃领域进行勇敢探索时所付出的努力和代价。中国人什么都会吃、什么都敢吃是世界闻名的。以至于我们面对任何活物，第一感觉就是这东西能不能吃、怎样烹调味道才更好，所以中国人的食谱比其他国度的都要宽广得多。以广东人为代表的老饕们仍然在做着无尽的探索，俗话说“带腿的不吃板凳，带翅膀的不吃飞机”，无所禁忌，各种匪夷所思的动物都变着法儿地进入了中国人的肚子。

所以广州成为世界闻名的野味集散地，各种珍稀动物都有人敢冒大不韪走私、贩运到这里，什么活啄猴脑、文火王八、生提驴肉、火激鹅掌等都是这边的拿手好戏；更别说那传统的八珍了，什么驼峰、熊掌、猴脑、猩唇、象拔、豹胎、犀尾、鹿筋等等，在做法上更是煎、炒、烹、炸、蒸、熘、涮、炖、焖、煮、烤、烩、熏、氽样样俱全，什么活物都能烹饪得色香味俱全。然而大自然的报复也会频频而来，著名的 SARS 泛滥全球据说就是由广东人食用果子狸引起的。

人类位居这个世界上食物链的最顶端，所以在食物的选择上，我们需要多一些对大自然的敬畏，多一些对其他动物的敬畏，毕竟地球是各种生物共生的家园。对待动物，是要有一些人道主义乃至畜道主义的。

在《周礼》中，规定为天子做饭的厨子要会做马、牛、羊、豕、犬、鸡这六畜，会做麋、鹿、熊、麇、野猪、兔这六兽，会做雁、鹑、鷃、雉、鸠、鸽这六禽;《吕氏春秋》中更是记载："肉之美者：猩猩之唇，獾獾之炙（烤肉），隽燕之翠（鸟尾），述荡之掔（肘子），旄象之约（牦牛尾、象鼻）。……鱼之美者：洞庭之鲒，东海之鲕，醴水之鱼（朱鳖），……藿水之鱼（鳐，若鲤而有翼）。"这个食谱，极具想象力，各种见过未见过的珍稀动物都化为盘中之物进入了我们的肚肠。

有些人出国几天，就会肠胃不适，西餐肉类的单调和烹调方式的单一，会让游子深深思念起故乡的饮食来。说起源头，信奉基督教的西方国家多按《圣经》规定，有诸多禁忌，比如，"耶和华吩咐他说：'园中各样树上的果子，你可以随意吃。'"（《创世记》二章十六节）"可吃的牲畜就是牛、绵羊、山羊、鹿、羚羊、狍子、野山羊、麋鹿、黄羊、青羊。"（《申命记》十四章五节）"唯独肉带着血，那就是它的生命，你们不可吃。"（《创世记》九章四节）"雀鸟中你们当以为可憎、不可吃的乃是：雕、狗头雕、红头雕、鹞鹰、小鹰与其类;乌鸦与其类;鸵鸟、夜鹰、鱼鹰、鹰与其类;鸮鸟、鸬鹚、猫头鹰、角鸱、鹈鹕、秃雕、鹳、鹭鸶与其类；戴鵀与蝙蝠。"（《利未记》十一章十三～十九节）而这些动物，很少不出现在中国人的食谱上。对比上面两份食谱，你一定会被中国人在食物上的探索精神深深震撼的。

先人们在吃的方面也有忌讳，比如孔子说：“色恶，不食。臭恶，不食……割不正，不食。不得其酱，不食。”这里更多的是讲究吃的档次和精致，而不是对食物的选择和劝阻。

所以，现代饮食观首先就在于有所食、有所不食。对上苍提供的食物充满敬畏，对大自然充满敬畏，对同样存在于地球的动物充满敬畏。从现在起坚守底线，既要吃得丰富，又要吃得文明，这样才不至于坐吃“球”空，将来遭到后人诅咒。

有一位厨师

有一位厨师，天生擅长烹饪，客人们闻到他烧菜的香味，都忍不住腮帮嚅动、循香而至。好厨师是不是很费钱？不，他的花费十分节俭，并不是故意省钱，而是珍惜物力，不愿浪费大自然赐予的食物。

他十分看重食材，一定要到市场亲自挑选，他的说法是：“食材各有天性，我只选天性好的，看不中的决不选用。”拿到食材，一番淘洗、加工、清理、烹制。客人们叽叽喳喳的，吃到满意处，常常手舞足蹈；兴致来也，恨不得吞下碗碟。但你看他的篮子里，菜不过六七种，菜肴绝对不会过度铺陈、盘碗相摞。

烧菜时，他就变成了一名将军。你看他：立在灶边，呈雀立状，一只腿支撑，另一只腿抬起，目不转睛，观察火候，除了呼吸之外，寂然无声。只见他直瞪瞪地盯着锅中，一会儿说："要猛火！"于是灶下火烧得像赤红的太阳；一会儿说："要撤火！"那烧火人就迅速减少柴火；一会儿说："且烧着！"烧火人就丢下柴火不再添了；一会儿说："羹好了！"旁边的侍者赶忙递来餐具。若有人稍稍违逆他的意思或略有怠慢，他必定像对待仇人似的劈头盖脸一顿大骂，就如机会稍纵即逝一样。你看他指挥若定，面对灶台就仿佛面临敌阵，抓住时机要一举歼灭对手。

他对手边的盐巴、料酒、豆豉、肉酱等调味品和各种香菜滑料十分熟悉，分量也掌握得精到，伸手投放，从不见他尝尝咸淡，而味道总能恰到好处。菜肴一好，他就洗手坐定，整理、洗磨他那套工具，计有钳子、镊子、叉子、刀具、榨具、刨子、刷子等共三十余种，在工具箱中分而列之，蔚为大观。别人专门研究他做的汤汁，力图参透其中的奥妙，但总也学不到家。

有人问："你厨艺那么高，到底秘诀在哪儿？"他答曰："做厨师就像当医生，我一心琢磨不同的食材适宜如何烹饪，细心斟酌各自的火候怎么把握，像这样有先有后、有文火有武火，就能让各种食材的美味浑然一体，味道当然好了。"

请教他具体细节，他说："比如，味浓的先上，味淡的后上；味正的做主菜，味奇的间杂调剂。客人吃得舌头麻木了，就来点儿辣味来刺激刺激；估摸客人吃饱了，就来点儿酸味来开胃助消化。”

又问：“各种高档、珍贵食材，能做出佳肴，这不奇怪；但区区两枚鸡蛋，你也能做出不同风味，这有何诀窍呢？”他说：“只能做大菜而不能做小菜，这是气质粗疏；只能做简单菜肴而不会做宴席，那叫才力太弱。其实不管大菜还是小餐、简单或是丰盛，都要味道好才行啊。一根芹菜、一棵小葱都能做出美味，这才是本事；如果为贪图名声，非山珍海味不做，岂不荒唐可笑？”

有人说：“你技艺越高超，杀生就越多，这不是作孽吗？”他呵呵一笑：“让你跟羊一样天天吃草，你会干吗？自从人类开始吃东西，食物链就决定了他会食用植物，也会食用动物，这是‘物为人用’，我觉得这并非什么罪孽。相反，你若不能欣赏动物的美味，那动物才是白死了呢。只要不暴殄天物、竞相奢华，都还算正常吧。”

那人说：“以你的才能，不在豪门巨贾家大显手艺，而屈居在这里做家厨，不觉得屈才吗？”他一听，又笑了：“谢谢你的好意。士为知己者死，菜为知味者烹。我每做一道菜肴，莫不殚精竭虑、冥思苦索，力图做到最好，而吃菜的人若体会不到它的妙处，我这菜就算白做了。好在我现在的主人懂得欣赏我，知道我的优点，了解我的缺点，还经常跟我切磋，使我能日日进步。算了，就凭这一点，我想我还是终老于此吧！”

怎么样，你觉得这位厨师是不是既有厨艺又有头脑，还有点儿像烹饪理论家？

那么，他到底是谁呢？

告诉你，他活在两百多年前，是清代南京随园的一位家厨，名王小余。上述事迹，并非我杜撰，而是见诸袁枚《小仓山房诗文集》中的《厨者王小余传》，我不过是略加铺陈，转述出来而已。

袁枚是个老饕，是知味之人，他把一生的丰富饮馔经验写成《随园食单》一书。他虽不善治，但善品，不仅往来者多为高官豪族，饱豢私厨的扬州盐商更是把他奉为上宾，因而养成了他刁钻的口味。袁枚深知厨师在宴席中的作用，他认为“大抵一席佳肴，司厨之功居其六，买办之功居其四”，而“厨者之作料，如妇人之衣服首饰也。虽有天姿，虽善涂抹，而敝衣蓝褛，西子亦难以为容”。他笔下的王小余对食材要亲自采买，且根据食材的天性来选择，真正尽了采买之功。他做的肴馔少而精，也符合袁枚“戒目食”的想法。

对司厨者，袁枚最看重火候，他专门写过《火候须知》，总结出“熟物之法，最重火候。有须武火者，煎炒是也，火弱则物疲矣。有须文火者，煨煮是也，火猛则物枯矣。有先用武火而后用文火者，收汤之物是也；性急则皮焦而里不熟矣”。王小余在烧火时那一个个“要猛火”“要撤火”“且烧着”的指令，就深得袁枚理论之三昧，好像一篇活生生的《火候论》。

而在上菜时，袁枚强调“盐者宜先，淡者宜后；浓者宜先，薄者宜后；无汤者宜先，有汤者宜后。且天下原有五味，不可以咸之一味概之。度客食饱，则脾困矣，须用辛辣以振动之；虑客酒多，则胃疲矣，须用酸甘以提醒之”，而王小余也正是如此奉行的。

写到这里，我突然冒出一个念头：袁枚为普通厨师王小余立传，并且“余每食必为之泣，且思其言，有可治民者焉，有可治文者焉，为之传以咏其人”，体现了他的有情有义；但是，我怎么越看这个王小余，越像是袁枚为了把他的饮食思想具化而虚构出来的一个人物？因为王小余的种种所思所为，简直就是袁枚《随园食单》思想的现场版。是不是写完《随园食单》，觉得不过瘾，他又虚构了一个王小余来形象地实践一遍？

哈哈，我说的有几分道理吧？

蟹　命

称人勇敢，往往用“敢于吃螃蟹”喻之，可见由于螃蟹丑陋，人们原本是不敢吃的。中国人的美食探索精神一再向世人表明：如果有诺贝尔美食奖，国人亦是当仁不让。贾宝玉就是种子选手，他擅长一边吃蟹一边吟诗。

原先我还觉得李渔说自己“每岁于蟹之未出时，即储钱以待，因家人笑予以蟹为命，即自呼其钱为‘买命钱’”有些矫情，但看到浙江省桐乡市公证协会花公款十六万元赴阳澄湖吃一顿大闸蟹，始信为真。二者皆以吃蟹为命，唯一不同的是，李渔是自费，桐乡公证协会是公费而已。

螃蟹果真有如此大的魅力？听说德国水域里中华大闸蟹泛滥成灾，德国人看着那些张牙舞爪的横行之物束手无策，中国的吃货们都摩拳擦掌，个个争先要去帮德国人民消灭大闸蟹去。

可以预见，如果中国组织赴德美食旅行团，几周内便可将德国的大闸蟹剿灭至濒临绝种。

相比之德国，在中国想吃大闸蟹就复杂多了。中秋时节，正是蟹肥的季节。街头虽遍布大闸蟹门店，但要吃到活蟹，仍需提前二十四小时预约。那日，我拨通电话预订，是一家快递公司，专事送蟹。据说第二天中午前因要货的太多，无法保证送到,因而提议当天下午送,可放在冰箱中冷藏。看来只好如此。蟹送到，纸箱内放了一个制冷袋，以及一瓶姜汁醋、一袋姜茶和一袋紫苏，还有拆蟹工具一套。按照送货师傅的说法，把冷藏箱调至三至六摄氏度，把大闸蟹放入，再蒙一块湿毛巾，蟹们便可进入“冬眠”。此保存方法是否正确？我上网一搜，果真如此。第二天加工前，我前往查看，果真个个眼睛转动、手脚灵活，挺配合的。

这些螃蟹公母各半，公蟹有蟹膏，母蟹有蟹黄，苏轼诗云：“堪笑吴兴馋太守，一诗换得两尖团。”尖者，公蟹也；团者，母蟹也。除了掀开蟹盖，蟹黄蟹膏吃起来较为容易外，其他的就要借助工具“精雕细刻”了。话说这三件套的工具是最简单不过的了，过去吃蟹一般要用“蟹八件”，更别说历史上最复杂的六十四件工具了。

不过，我听说过的螃蟹做法中，最妙的要数《金瓶梅》中常峙节老婆做的“酿螃蟹”了。做法是：“四十个大螃蟹，都是剔剥净了的，里边酿着肉，外用椒料、姜蒜米儿、团粉裹就，香油炸、酱油醋造过，香喷喷，酥脆好食。”这样做的好处是省却了剥螃蟹的麻烦，可以尽享螃蟹之鲜美；但对真正的老饕们来说，也许乐趣就在“钩”“索”“挑”“剔”的过程中，吃反而在其次了。

西门庆们吃螃蟹，只会闷头大嚼，别无乐趣；而《红楼梦》中吃螃蟹，就要吃出个风雅来。第三十八回“林潇湘魁夺菊花诗，薛蘅芜讽和螃蟹咏”中，写海棠诗社成立后，第二次雅集就是吃螃蟹赏桂花——

宝玉笑道：“今日持螯赏桂，亦不可无诗。我已吟成，谁还敢作呢？”说着，便忙洗了手提笔写出。众人看道：

持螯更喜桂阴凉，泼醋擂姜兴欲狂。

饕餮王孙应有酒，横行公子却无肠。

脐间积冷馋忘忌，指上沾腥洗尚香。

原为世人美口腹，坡仙曾笑一生忙。

…………

宝钗接着笑道：“我也勉强了一首，未必好，写出来取笑儿罢。”说着也写了出来。大家看时，写道是：

桂霭桐阴坐举觞，长安涎口盼重阳。

眼前道路无经纬，皮里春秋空黑黄。

…………

酒未敌腥还用菊，性防积冷定须姜。

于今落釜成何益，月浦空余禾黍香。

众人看毕，都说这是食螃蟹绝唱，这些小题目，原要寓大意才算是大才……

这些富贵闲人的做法，与当年“好鲜衣，好美食，好骏马，好华灯”的没落贵族张岱一样，“余与友人兄弟辈立蟹会，期于午后至，煮蟹食之，人六只，恐冷腥，迭番煮之”，都是有“蟹命”、精于此道的老手。但与现今那些一顿吃掉十六万元螃蟹者相比，真是小巫见大巫了——那才是真正的吃货。唯一遗憾的，就是太没有诗意。

白菜称王

《南齐书》卷四十一《周颙列传》:(周颙)清贫寡欲,终日长蔬食,虽有妻子,独处山舍。卫将军王俭谓颙曰:"卿山中何所食?"颙曰:"赤米白盐,绿葵紫蓼。"文惠太子问颙:"菜食何味最胜?"颙曰:"春初早韭,秋末晚菘。"

"菘",即大白菜。陆佃《埤雅》云:"菘性凌冬晚凋,四时常见,有松之操,故曰菘。"这里的"春韭秋菘"意境很美。秋末的白菜最好吃,世所公认。

白菜、萝卜、大葱,这是过去北方冬天的看家菜,是为"冬储菜"。那时谁家的窗台上不放几棵大白菜,这个冬天肯定是过不去的。我们把白菜稍微晾晒一下,把最外面的菜叶水分晒干,再集中在一起用蒲包一盖,随吃随取。谁家炖白菜时能放几块豆腐,尤其是再炖上几块五花肉,肯定会让孩子们狂欢的。

大白菜味道松脆甜美，不仅是平民百姓的当家菜，豪华宴席上也往往会有一份雪白的白菜心，做爽口之用。白菜还可腌制成腌菜、酱菜、酸白菜，老北京著名的“芥末墩儿”就是把白菜横向切开，用粗盐“杀”过，每放一层撒一层芥末制成的，吃着极其过瘾。

我从小爱吃菜叶，不爱吃菜帮，而白菜的菜帮尤其厚大，我提起来就头疼。而酸辣白菜非用菜帮做不可，这样吃起来才够爽脆，真是一物有一物之用。

清人梁章钜称白菜为“菜王”,他在《浪迹三谈》中说:“北方白菜，以安肃县（今保定徐水县）所出为最。闻县境每冬必产大菜一本，大可专车，俗名之曰菜王，必驰以首供玉食，然后各园以次摘取。山左所产犹佳，迤南则其味递减。惟吾乡浦城所产，尚具体而微，广西柳州所出，亦略与北地相仿。近吾乡永福亦产此,俗呼为‘永福白’,较胜于浦城。去冬余薄游温州，有以山东白菜相馈者，皆以永福白充数。盖福州由海舶来者，南风三日即至，而天津、山东之海舶，向不入瓯江也。此菜以吴红生太守所制为最著，同人皆赏其菜中尚带辣味，而不知其暗搀生萝卜耳。”

京师人会吃，把白菜培养出鲜嫩的黄芽是最高境界。李时珍《本草纲目》载:“燕京圃人又以马粪入窖壅培，不见风日，长出苗叶皆嫩黄色，脆美无滓，谓之黄芽菜，豪贵以为嘉品，盖亦仿韭黄之法也。”算算冬日的韭黄多少钱一斤，就知道这黄芽菜的身价了。

现在人们生活富足，吃过油腻之后，一定要弄点儿白菜解腻。资深老饕邓云乡先生对此最有心得：“全聚德的烤鸭子，在‘鸭油熘黄菜’之后，照例是‘鸭架烧白菜’。西来顺、东来顺吃涮羊肉锅子，最后一定要有一盘酸白菜端上来。酸菜、龙口细粉在肥汤中一涮，吃上两口才解膻醒酒。还有最堪入《山家清供》和《随园食单》的是‘江瑶柱蒸白菜’和‘栗子烧白菜’，这两品佳蔬，做法简单，而滋味却无穷，蒸出来的汤像牛奶一样雪白滑腻，正如施愚山诗中所说的‘雪汁云浆舌底生’了。”

我们都知道齐白石用画的白菜换真白菜而不得的故事。白菜如此普遍，又如此美味，身价却不高，很让人为之鸣不平。齐白石就专门画过一张《白菜辣椒》来为白菜叫屈：“牡丹为花之王，荔枝为果之先，独不论白菜为菜之王，何也？”

白菜，完全当得起“菜王”这个称号。

狗就是一只畜生

近几年每到夏至，广西玉林狗肉节都闹得中外闻名，“禁派”和“挺派”你方唱罢我登场，各色人等趁机大秀一把。

我并不是个狗肉的追捧者，但我坦承我吃过狗肉，而且还觉得挺香、挺好吃。我不养狗，所以判断自己以后还会吃些狗肉，但不会上瘾。所以，说我是一个理性的狗肉主义者，亦不为过。

人类把狼驯养为狗，成为追赶猎物、看家护院的帮手，据说已有两万年的历史。而关于吃不吃狗肉的问题，更多的还是近十几年来中国家庭大量豢养宠物狗后才有的。二十世纪八十年代以前是不存在这类问题的，那时人们连自己的肚子都吃不饱，遑论养狗，就是养狗也只能吃些残羹剩饭，哪有今天这些狗狗们的“幸福生活”？况且，那时候城市是禁止养狗的，经常有一些打狗队出没在街巷里，捕获一些哀嚎的狗狗。

不说历朝的战乱年代，就说“文化大革命”期间，人们吃饭都成问题，下乡知青偷老乡一条狗，悄悄炖了打个牙祭，那是一年中都能时刻回味的事情。中国这二十年来是人们吃得最好的年代，不唯自己吃得好，还有闲情逸致、闲钱闲工夫来养狗了，宠物满街跑，到处拉和撒。这时候吃狗肉，往往会招来侧目。进而养狗也成为一种身份的象征，养得起什么样品种的狗，成为竞相比富的项目，都异化了。

中国人吃狗肉的历史确实很悠久，《周礼·天官·膳夫》就规定：“凡王之馈，食用六谷，膳用六牲。”这六牲即马、牛、羊、豕、犬、鸡。狗就是一只畜生，它丝毫没有被吃的豁免权的。从那时中国人开始吃狗肉计，距今也有三千年的历史了。狗在中国历史上从没有多么高贵，吃狗不仅是寻常事，连杀狗都是一份专门职业。《史记》中《樊哙传》这样描绘这位帮刘邦打天下的武将：“舞阳侯樊哙者，沛人也，以屠狗为事。”张守节注解说：“时人食狗，亦与羊豕同，故哙专屠以卖之。”《史记·刺客列传》还记载：“荆轲嗜酒，日与狗屠及高渐离饮于燕市。”可见，在中国历史上，屠狗、吃狗都稀松平常，屠狗辈虽是出身微贱的代称，人们对此却也不无好感。“仗义每从屠狗辈，负心皆是读书人”是句名诗，屠狗辈豪爽、仗义，往往比某些读书人的蝇营狗苟强多了，所以很多有大学问者反而喜欢与他们打交道。

我是赞成养宠物者不吃狗肉的。养任何一种宠物时间久了都产生感情。我更赞成人们不吃别人养的宠物狗，那样做是不道德的。但我反对自己不吃狗肉同时也阻拦别人吃狗肉，你侵犯的是别人的饮食权，这也是人权之一种。

我特别理解这种爱己狗及他狗的博爱情怀，也绝对承认狗是人类的好朋友（就像我同样承认鸡鸭老鳖是人类的好朋友一样），我也知道很多地方是养殖“菜狗”专供食用的。只允许他们吃“菜狗”，行不？不允许他们把“爪子”伸到“菜狗”领域之外，有限制地吃狗，这样行不？

我不同意香港陶杰为西方“双重标准”辩解的说法：“吃牛肉与鹅肝均可，就是不可以宰食猫狗。这是‘普世价值观’很重要的条文——‘普世价值观’以西方文明为基础，由西方的白人国家定规条：可以吃牛排、羊排、香肠，吃猫狗肉，即属野蛮行为。这一点，没有得辩驳，别无选择，如果你想进入文明行列，只能跟着做。”

我要反问一句，中国是农耕社会，中国人一贯都很礼敬“耕牛”，向来有不杀乃至少杀牛的习俗，西方人吃牛排就文明，中国人吃狗肉就不文明，这是什么道理！当然，两边不同的历史、不同的习俗决定了不同的文明标准，“全球化”后，两种标准会慢慢趋同，但也会有保留个性（我知道很多欧洲人热衷于到中国悄悄吃狗肉，因为中国的狗肉确实做得香）。西方可以保留吃鹅肝，中国人必须要改掉吃狗肉，这就是霸道。

我说过，狗就是一只畜生。不要只看人们把屠狗的累累凄惨照片传到网上以激起同情，我们把杀猪、杀牛甚至杀鸡的照片放上去都是同样血淋淋的效果。几年前本地流行喝驴肉汤，有一家餐馆老板为招徕顾客，在店门口拴了一头驴，那驴儿看着众人在啖同伴的汤，不禁潸然泪下。太不人道了。那一幕，我看过后，是当即不再喝那家店的驴肉汤——换到另外一家去了。

告诉你个小秘密，本地有一家做得极好的“花江狗肉”餐馆，门脸儿不大、知道的人不多，我和朋友过一阵儿必到此大快朵颐。下次带上你啊！

吃政治饭

老子说：治大国若烹小鲜。可见吃饭从来都是与政治密切关联的。

关云长温酒斩华雄，一场厮杀下来，敌首落地，杯酒尚温，展现了英雄的豪气；赵匡胤杯酒释兵权，借酒至半酣，不动声色，拿下了重臣的军权，加强了中央集权；项羽设下鸿门宴，却因优柔寡断而将江山拱手让人；乾隆摆起千叟宴，那是为展示国运兴盛、四海承平、天下归心，按如今的话说叫作秀。多少事，假吃饭名义以行；又有多少交易，在饭桌上悄悄达成。所以，筷箸里有政治，酒杯里有权谋，那些没来由的吃饭或喝茶可不敢胡乱赴约，不小心“被吃饭”是要付出不菲代价的。

吃饭还跟前途大有关系，“廉颇老矣，尚能饭否”，能吃饭，说明身体不错，还能再干几年；官职也跟吃喝有关，国子监祭酒，那可是国家最高学府行政首长职位啊。

我的朋友于左写了本《皇帝的饭局》，内分“政治宴”“奢华宴”“怡情宴”“败亡宴”四章，遍数了历代皇帝摆下的饭局，山珍海味、秘制珍馐，歌舞相伴、极尽奢华，可是，那些饭大都吃得各怀心思、同桌异梦，有时甚至吃得兵戈相向、凶险毕露。可见这皇帝的饭尤其乱吃不得。

对皇帝来说，卧榻之旁不容他人酣睡，餐桌上岂能容得他人争食？天下是朕的，朕吃的就是这个“独食”。朕赏你吃一口，是你的福分；想觊觎朕的江山，那就没有好果子吃。

但是，“王侯将相宁有种乎”，这江山你坐得，别人却坐不得？一顿饭吃不好，就会被人抓住弱点，吃得丢掉江山。春秋时吴国的吴王僚就死在这个“馋”字上。

给于左同学补上这个例子：《史记·刺客列传》载，吴王僚继位后，公子光极为不满，就与大臣伍子胥商议对策。他们发现吴王僚爱吃烤鱼，就让勇士专诸去跟太湖名厨师学做烤鱼，以伺机行刺。一次公子光宴请吴王僚，而吴王僚也做了充分准备，不仅派侍卫严加盘查，每道菜还要详细查验，连送菜人都只能穿内衣半裸着跪地而行。而专诸先用各色作料腌制鳜鱼，再在鱼肚子里裹上馅料，用木炭烤制。这样烤制的鳜鱼大老远就鱼香扑鼻，专诸则在鱼肚子里藏了把鱼肠剑。在吴王僚看到烤鳜鱼而欲痛快饕餮之时，专诸抽出鱼腹中的剑，刺死吴王僚，自己因而也被身后的侍卫刺死。公子光由此夺得王位，就是后来的吴王阖闾。因一条鱼而丢掉一座江山，教训可谓惨烈。

对古代帝王来说，饮馔绝非小事。《周礼》载："膳夫，上士二人，中士四人，下士八人；府二人，史四人，胥十有二人，徒百有二十人。"光是厨师及打杂的就要一百五十二个人，专职伺候帝王。"凡王之馈，食用六谷，膳用六牲，饮用六清，羞用百有二十品，珍用八物，酱用百有二十瓮。王日一举，鼎十有二，物皆有俎，以乐侑食。"每天的美味佳肴就要有一百二十种，还要奏乐以助天子多进餐。至于那上八珍、中八珍、下八珍，更是极尽奢侈，摆出了一副吃天下的劲头。

知道帝王爱吃，所以在屈原政治失意时，为楚怀王招魂，都不忘以食物相诱。他在《大招》中，开列的食单中既有五谷、菰米，又有鸧鸹、天鹅，还搭配有大龟、肥鸡，再加点儿猪肉、狗肉，点缀以香草、酸菜，如此丰盛的佳肴，满斟上清洌的甜酒和清酒，那是多么诱人。所以，魂啊，归来吧！

这菜单，活人看了都会垂涎三尺，相信鬼魂也会顺着香味再到人世间走一遭的。

餐桌上，有头有脸的人物以吃饭来搞政治，而对百姓来说最大的政治就是吃饱饭。管好自己的事儿，免得"咸吃萝卜淡操心”；把事办成，先要“生米做成熟饭”；不该问的别问，省得被斥为“吃饱了撑的”；而把事情搞砸，肯定会让你“吃不了兜着走”。所以还是“好汉不吃眼前亏”，不能“敬酒不吃吃罚酒”……

寻找秋油

本邦菜的特点是强调“浓油赤酱”，酱油必不可少，是个主角。不管是红烧狮子头，还是红炖大黄鱼，少了酱油莫办。就连名声煊赫的东坡肉和现时流行的毛氏红烧肉，用五花肉烧制，特点是酥红软糯、入口即化，也少不了酱油的功劳。试想，如果端上来的是白花花的肥膘加上少许瘦肉，不仅味道吃不进去，单从视觉上说就要大打折扣，哪儿还会有食客追捧？

上世纪七十年代，食物紧缺的时候，每人每月寥寥的五两肉票使得饮食寡淡无趣，很多时候我们就是靠挖一勺猪油（我们称之为鼒油，颇有古风）、滴几滴酱油，与刚蒸好的米饭搅拌一下，是为上好的美味，才使漫漫苦日有了些许滋味。

可见，酱油在我们的生活中曾扮演过重要角色。现在大家的口味虽然日渐清淡，但酱油作为“柴米油盐酱醋茶”的重要角色，依然必不可少。

但是，如果说起“秋油”，人们就未必明白了。秋油，这名字透着季节的沉淀，带着岁月的痕迹，字面充满儒雅，意境神秘，它究竟是个什么东西？

读袁枚《随园食单》时，我做过统计，里面“秋油”出现过七十二次，而“酱油”只出现过两次，说明秋油远比酱油重要。

比如干锅蒸肉，“用小磁钵，将肉切方块，加甜酒、秋油，装大钵内封口，放锅内，下用文火干蒸之。以两枝香为度，不用水。秋油与酒之多寡，相肉而行，以盖满肉面为度”；再如生炒甲鱼，“将甲鱼去骨，用麻油炮炒之，加秋油一杯、鸡汁一杯。此真定魏太守家法也”；袁枚笔下的名菜“蒋侍郎豆腐”里，秋油扮演着重要角色：“豆腐两面去皮，每块切成十六片，晾干，用猪油熬，清烟起才下豆腐，略洒盐花一撮，翻身后，用好甜酒一茶杯，大虾米一百二十个；如无大虾米，用小虾米三百个；先将虾米滚泡一个时辰，秋油一小杯，再滚一回，加糖一撮，再滚一回，用细葱半寸许长，一百二十段，缓缓起锅。”连清雅的松菌也少不了秋油相伴，“松菌加口蘑炒最佳；或单用秋油泡食，亦妙。惟不便久留耳，置各菜中，俱能助鲜。可入燕窝作底垫，以其嫩也”。在袁枚最得意的“问政笋丝”里，秋油更是不可或缺：“问政笋，即杭州笋也。徽州人送者，多是淡笋干，只好泡烂切丝，用鸡肉汤煨用。龚司马取秋油煮笋，烘干上桌，徽人食之，惊为异味。余笑其如梦之方醒也。”

历数这些名菜，会让人看得哈喇子直流。

我们知道，酱油出自豆酱。北魏贾思勰《齐民要术》卷八“作酱法”条下，说用黑豆制酱的最好时令是农历十二月、正月，二月是中等时令，到三月份已是最迟了。当时没有“酱油”的名称，但有“酱如薄粥”的说法，应该是最早接近酱油的记载。

宋人林洪《山家清供》一书出现过两次酱油，一次是“柳叶韭”里，“必竹刀截之，韭菜嫩者，用姜丝、酱油、滴醋拌食”；再一次是“山家三脆”里，“嫩笋、小蕈、枸杞头入盐汤焯熟，同香熟油、胡椒、盐各少许，酱油、滴醋拌食”。可见，在宋代酱油就使用得很普遍了。

关于酱油怎样制造，比较明确的记载是元代倪瓒的《云林堂饮食制度集》的“酱油”一条：“每黄子一官斗，用盐十斤，足秤，水廿斤，足秤。下之须伏日，合下。”这里的“伏日”非常重要，把黄豆煮熟后捣成豆饼，加盐及水后要在伏天晒制。这就很接近袁枚所说的秋油了。

清人王士雄在《随息居饮食谱》中最早解释“秋油”的来历：“笃油则豆酱为宜，日晒三伏，晴则夜露。深秋第一笃者胜，名秋油，即母油。调和食味，荤素皆宜。”即经过三伏的曝晒，深秋时节滤出的第一抽酱油就是“秋油”。

而晚于王士雄的清人夏曾传在补充考订袁枚作品的《随园食单补证》中，专门在“作料单”中写上酱油这一条：“酱油，以秋日造者为胜，故曰秋油。其至佳者，须以小器置酱中，其自然原汁徐徐浸入。要非自制酱者不可得，市卖者，无此品也。大约以味厚而鲜为贵，北人尚白酱油，终不能及。”

那么，清代这如雷贯耳的秋油，到近现代人的词典里，缘何就没有了踪影？

我翻阅清末民初龚乃保的《冶城蔬谱》和民国张通之的《白门食谱》，里面都没有“秋油”，多是用“酱油”“上等酱油”的说法。看来时代变迁，民国时就不用“秋油”这个古奥的名词了。

但类似“酒头”这样入秋时的上好酱油仍然存在，依然是不可多得。“秋油”是“深秋第一笃”，亦即鲜美、浓厚、精粹、精华的代称。

我一直在想，在人们日益讲究饮食质量、追求食材作料品质的今天，那些以制造酱油闻名的“李锦记”“海天”等厂家是不是有责任、也有眼光使“秋油”复活呢？

唐朝的巴达杏

杏作为夏天常见的水果，甜甜酸酸的，果实糯软，虽然口感不像桃子那样清脆，但还是别有风味的。

小时候，大人们常说“桃养人，杏伤人，李子树下躺死人”，是指杏不能多吃，李子更是少吃为妙，桃子则可多多益善。中医认为，桃子营养丰富，能补中益气、润肠通便；杏肉味酸性热，有小毒；李子虽性温，多食则会引起潮热多汗、心烦发热。不过，现在确实是卖桃子的多，而杏和李子则较少见。

在餐桌上，杏仁多是与苦菊或芹菜拌为凉菜，清凉爽口。印象中的杏仁都是个头儿较小，现在多做成了杏仁露；而杏肉，大都加工成了杏干和果脯。

现今的孩子可能已不知晓，杏核还伴随过我们儿时的漫漫时光，是形影不离的玩具。儿时，在夏季的胡同里，总会有几个男孩子在地上放半块砖头，上面堆满了杏核，在一米开外的地方画一条线，大家就站在那里用一个大点儿的杏核（称为“老母”）掷向杏核堆，谁砸下的杏核就归谁，砸下最多的为胜。这就是“掷杏仁”游戏。我记得，那时有一种杏核是不能参赛的，那就是“巴达杏”，因为它的杏核比别的个头儿都要大。为什么同样是杏核，巴达杏就不让参赛呢？我也搞不明白，可能是有违公平竞争的精神吧。

一晃三十年过去，我早忘了巴达杏，巴达杏却自己找上了门，勾起了我的记忆。前些时，关于美国大杏仁的报道成了新闻热点。原来，市场上热卖的炒货——美国大杏仁根本就不是杏仁，而是扁桃仁！它学名为巴旦木，就是过去俗称的巴达杏。普通杏仁每斤只卖二三十元，“美国大杏仁”身价则翻了几番，卖到每斤近五十元，六年时间竟多赚了中国人一百八十五亿元。中国杏仁因为个儿小，被美国大杏仁压得抬不起头来，市场被蚕食殆尽，以至于果农没人愿意种杏。所以业界人士呼吁，还“美国大杏仁”以“扁桃仁”的真相，好让它的价格回归到正常的区位。

听起来真像天方夜谭。一个巴达杏，小时候就因为个儿大而被剥夺参加游戏的资格，现在又纵横中国市场，把国产杏仁搞得找不着北。何物巴达杏，如此厉害？

其实，寻根溯源，唐朝段成式的《酉阳杂俎》里早就揭示了这东西是桃而不是杏。此书卷十八记载:“偏桃，出波斯国，波斯呼为婆淡。树长五六丈，围四五尺，叶似桃而阔大，三月开花，白色，花落结实，状如桃子而形偏，故谓之偏桃。其肉苦涩不可噉，核中仁甘甜，西域诸国并珍之。”德裔美籍东方学家劳费尔在研究中国古代文明的专著《中国伊朗编》里，证实了段成式的说法。他说，段成式所说的“婆淡”，是 bwa-dam 的译音,就是“巴旦”。在“巴旦杏”一节里,劳费尔认为，伊朗（波斯）是巴旦杏的中心产地，它有两个传播渠道，一面是传播到了欧洲，一面是传播到了印度、中国西藏和其他地方。在宋代,范成大的《桂海虞衡志》里也曾提到这种果实,名为“杷榄”,那又是它的另外一个译音。清代郝懿行在《证俗文》里说:“今京师人呼杏为巴达,即巴旦也。东齐人以杏仁甘美者为榛杏,盖味如榛也。按《香祖笔记》云,‘异物汇苑巴旦杏’出哈烈国,今北方皆有之。京师者实大而甘，山东者实小肉薄。”这里的哈烈国就是包含波斯在内的帖木儿帝国，后来其首都从撒马尔罕迁至赫拉特（Herat,旧译“哈烈”),故明朝史籍称之为“哈烈国”。广西太平府的《上思州志》里就明白地说这东西是扁桃，是波斯国的植物。巴旦木果实干涩无汁，无法食用，但其果仁香甜可口，比杏仁好吃。巴旦杏仁含有丰富的蛋白质、膳食纤维、维生素 E 等，其树我国新疆也有广泛种植；但中医认为只有普通杏仁有止咳平喘的功效，这种巴旦杏并没有。劳费尔说巴旦杏和枣椰树的命运相同，在中国已无人种植了。至于是什么原因，不得而知。

巴旦杏经欧洲传播到美洲后，美洲成为全球最大的种植地，其中更以美国加州为最，它出产的“大杏仁”占有全球市场百分之八十的份额。没想到一千年前曾从波斯传到中国的巴达杏，现在又被美国人拿来作为经济利器来中国攻城略地了。我们对巴达木这些树木的认识，还不及一千多年前的唐朝人。

没文化真可怕，早点儿翻阅古书，把这玩意儿正名为“扁桃”，我们是不是就能少掏这一百多亿？

辑三　清腴

吃货史

吃惯中国饭菜的人，再去吃英国的“黑暗料理”，多半会觉得难以下咽。那些海外游子浓浓的乡愁,我想更多是那只“中国胃”没有得到满足的失落感，因而被一缕缕地牵引至故乡的美食，幻化为一碗烩面、一碟鱼香肉丝、一钵老火靓汤、一屉小笼汤包……

现今流行当“吃货”，“吃货”已从“饭桶”转变为一种能吃、会吃的崇高赞誉。能够做一个无所顾忌的“吃货”，吃遍各地美食，吃得口舌生津，吃出意境门道，吃得心满意足，是一件多么惬意的事!

然而，当“吃货”并非易事，前提是要能吃、会吃、懂得吃，知道什么时候当吃哪些，能说出吃的道道儿来。能达到这个标准的“吃货”，纵观中国历史，当然是不可胜数。

历代帝王“饭桶”不少,但真正能成为“吃货”的却不多。帝王能调动的资源多，天下美食都能为其享用，但他并不一定懂得吃。比如周天子,在饮食方面摆的谱儿可谓大矣,据《周礼》记载，仅负责王室饮食的膳夫就有一百五十二人，再加上庖人、内饔、外饔、亨人、兽人、渔人、鳖人、猎人、食医、酒正、酒人、凌人、笾人、醢人、醯人、盐人，每种职位都有十数人至三百人不等，总计有一两千人，那是一个庞大的国王厨师班底，非蕞尔小国可比。但周天子并没有美食家的清名，因为他要边吃边盯着江山是否旁落，并不能吃得忘我、恣意。

夏末商初,伊尹对商汤言说拿下天下的必要性时,就以“猩猩之唇,獾獾之炙,洞庭之鲑,东海之鲕,昆仑之蘋,云梦之芹,阳朴之姜，越骆之菌，江浦之橘，云梦之柚”等各地丰阜的物产相诱引，告诉他，只要对天下施以仁义之道，“道者，止彼在己，己成而天子成，天子成则至味具”，那么这全天下的美食都非你莫属。伊尹，是被现在的餐饮行拜为厨神的，他厨子出身，以厨艺之道治国，自有其高妙之处：他以吃来激励商汤夺取天下。

林语堂先生对厨子极为重视,他在《生活的艺术》里论述：“我们的生命并不在上帝的掌握中，而是在厨子的掌握中。因此，中国绅士都优待他们的厨子，因为厨子是在掌着予夺他们的生活享受之大全。”但厨子只是我们通往饮馔自由王国的工具，厨子烹饪的菜肴是要经过食客检验的。

鸿门宴、杯酒释兵权，是历史上两个著名的政治饭局，一个发生在秦末、一个发生在宋初，那都是借饭局之名除掉异己威胁的权谋。卧榻之旁容不得他人酣睡，饭桌之上又岂容他人分食？朕者，特点就是吃“独食”。想觊觎朕的江山，那绝对没有好果子吃。

所以，争天下的事还是让“肉食者”谋之吧，对百姓来说，过好柴米油盐的寻常日子才是最真实的。在《诗经》的《国风·豳风·七月》中，每个月该吃哪些新鲜果蔬，百姓们早就合计好了：“六月食郁及薁，七月亨葵及菽。八月剥枣，十月获稻。为此春酒，以介眉寿。七月食瓜，八月断壶。九月叔苴，采荼薪樗。”然后，再弄个兔头，来个“一兔两吃”：“幡幡瓠叶，采之亨之。君子有酒，酌言尝之。有兔斯首，炮之燔之。君子有酒，酌言献之。有兔斯首，燔之炙之。君子有酒，酌言酢之。有兔斯首，燔之炮之。君子有酒，酌言酬之。”（《小雅·瓠叶》）看看，这小日子也是十分惬意吧？

孔老夫子已经被命名为“丧家犬”，我再给他加上个“吃货”的头衔当也不会挨扁吧。他奠定了儒家饮食思想及规制礼仪的基础，“食不厌精，脍不厌细”“色恶，不食。臭恶，不食”。

“失饪，不食。不时，不食”“割不正，不食”“沽酒市脯不食。不撤姜食，不多食”，他对饮食的讲究已经上升到哲学的高度，他也是最早的生态主义者和食品安全的保卫者。

屈原，那绝对是个懂行的“吃货”，不然不会连招魂都把各色美食亮出来，以吸引鬼魂回到人间：“我的五谷结穗长又长，菰米做的饭正香。鼎镬中都是煮好的肉啊，五味调和扑鼻香。肥嫩的鸧鹄、天鹅肉，伴着鲜美的豺肉汤。魂啊，归来吧！美馔佳肴任你品尝。新鲜甘美的大龟、肥鸡，再加上楚国的鲜酪浆。快把猪肉剁剁碎，再拿炖狗肉蘸上酱，香草切细味喷香。吴国的香蒿做酸菜，吃起来浓淡正恰当。魂啊，归来吧！任你选择哪一样。烤乌鸦，蒸野鸭，还有鹌鹑炖成汤。油煎鲫鱼麻雀羹，多么爽口齿间香。魂啊，归来吧！各种美味任你品尝。”这种诱惑，任它什么鬼魂都抵挡不住啊。

南朝时的周颙虽只茹素，但他绝对是个饮食美学家，极讲究蔬食的品种和色彩搭配。他在山中常吃的是“赤米白盐，绿葵紫蓼”，最为推崇的蔬菜是“春初早韭，秋末晚菘”。这里不仅有意境美、色彩美，摆在桌上就是一幅画，难得的是读起来还有音节美。

到了唐朝，全民写诗，诗人“吃货”比比皆是，但我最为推崇的是白居易，他那首“绿蚁新醅酒，红泥小火炉。晚来天欲雪，能饮一杯无”，足以完胜其他诗人而坐上唐代的头把交椅。平时，他也是“晓日提竹篮，家童买春蔬。青青芹蕨下，叠卧双白鱼”，极有“吃货”的情趣；更重要的是，他懂得与吃配套的享受，“食罢一觉睡，起来两瓯茶。举头看日影，已复西南斜”，美好的一天就在吃酒、喝茶、自然醒中度过了，仙人的生活也不过如此。

宋朝是一个精神和物质都极为丰饶的时代，从《东京梦华录》到《梦粱录》《武林旧事》都记录了绵延不尽的酒楼脚店、各式各样的美味馋馐，“吃货”更是层出不穷。有两个人给我留下了极深的印象，一个是苏轼，一个是陆游。

且不说苏东坡写下的《老饕赋》《菜羹赋》《东坡羹颂》《猪肉颂》《酒子赋》《蜜酒歌》，单是以他名字命名的菜肴就有“东坡肉”“东坡肘子”“东坡鱼”“东坡豆腐”“东坡玉糁羹”“东坡芽脍”“东坡饼”“东坡酥”等等，不一而足，虽然很多都是牵强附会，但也说明了苏东坡在美食界的影响之巨。苏东坡在任何险恶的政治境遇下，都能保持宽厚、达观的心态，同时因地制宜，满足一点儿微薄的口腹之欲，发之为让人馋涎欲滴的诗文，他的“竹外桃花三两枝，春江水暖鸭先知。蒌蒿满地芦芽短，正是河豚欲上时”“黄菘养土羔，老楮生树鸡。未忍便烹煮，绕观日百回”“鲜鲫经年秘醽醁，团脐紫蟹脂填腹。后春莼茁活如酥，先社姜芽肥胜肉”“雪沫乳花浮午盏，蓼茸蒿笋试春盘。人间有味是清欢”等诗句早已脍炙人口，咏之足可下酒。“清欢”，只是淡淡的欢愉，它不是手之舞之足之蹈之，而是参透人间喜怒哀乐后的淡定，是对稍纵即逝的悠闲心境的捕捉，是对温煦友情的不舍和眷恋，吃什么倒在其次了。

陆放翁虽是一员文官，却总想着收复北方的大好河山，无奈只有在辗转全国的播迁中，留下上万首诗作，其中就有数百首与饮食相关。“霜余汉水浅，野迥朔风寒。炊黍香浮甑，烹蔬绿映盘”“莼羹笋似稽山美，斫脍鱼如笠泽肥。客报城西有园卖，老夫白首欲忘归”“唐安薏米白如玉，汉嘉栮脯美胜肉。大巢初生蚕正浴，小巢渐老麦米熟”，充满了对新摘园蔬的热爱和鱼米芳泽的眷眛；“洗君鹦鹉杯，酌我蒲萄醅。冒雨莺不去，过春花续开”“团脐霜蟹四腮鲈，樽俎芳鲜十载无。寒月征尘身万里，梦魂也复醉西湖”，又有把盏一醉的痴迷和壮志未酬的遗憾。这里吃的就不仅是美食，而是情怀了。

南宋的林洪也是一个不能不提的“吃货”，他不仅懂吃，而且对笔下人物有一种“理解之同情”，他的《山家清供》不只是保存了宋代的山野食谱，更有许多关于吃的故实、妙典，读之本身就是一种享受。

有明一代，张岱是个大大的“吃货”，应该是无可置疑了。

他以“茶淫橘虐，书蠹诗魔”的簪缨身世，刁钻口味足傲同侪。从《老饕集序》中我们可以看到，张岱在饮食一道上确实功底不浅，他对各地名产方物的了解，对煮蟹持螯的痴狂、乳酪制作过程的熟稔，都非一般段位的美食爱好者所能比拟。

《金瓶梅》的作者兰陵笑笑生和《红楼梦》的作者曹雪芹，那可是穿越明清的两个资深“吃货”，无怪乎读这两本书，有一半精力是在读菜单。《金瓶梅》里面的市井食单，没有二三十年的浸淫是写不出来的，“一根柴禾炖猪头”“糟螃蟹”等等放到现在也都有很强的实践意义；而看着那“一碟头鱼、一碟糟鸭、一碟乌皮鸡、一碟舞鲈公”，以及“红邓邓的泰州鸭蛋，曲弯弯王瓜拌辽东金虾，香喷喷油炸的烧骨，秃肥肥干蒸的劈晒鸡”，能不勾起你浓郁的食欲吗？《红楼梦》描摹的是钟鸣鼎食之家的生活，看了难免让人感觉高高在上，那“茄鲞”“烤鹿肉”“燕窝粥”都不是平常人的吃食，大观园的少爷小姐们把螯对诗、猜拳行令也都透着一个“雅”字，我辈俗人恐怕是消受不起的。

真正雅中带俗的是李渔和袁枚，肴馔横陈，盘碗参差，往来酬酢，见多识广，是清季两个最有名的“吃货”了。李渔最讲究食物的清淡，他对蔬食的要求是“清，洁，芳馥，松脆”，最为推崇的是笋和蕈。他认为笋“能居肉食之上者，只在一字之鲜”，而蕈能吸收“山川草木之气”，所以食之无渣滓。袁枚不仅是知味之人，且是个高超的烹饪理论家，他的“作料须知”“配搭须知”“火候须知”“器具须知”“上菜须知”等，现在拿到五星级大酒店，都是可以直接当作培训教材的；他所欣赏的菜肴，越是寻常的食材，就越是要用几十种海鲜、香蕈和鸡汤来“众星拱月”，以吊出奇味。比如，他极为得意的“蒋侍郎豆腐”“杨中丞豆腐”“王太守八宝豆腐”，要么是用大虾米一百二十个或小虾米三百个加秋油一并煨出来，要么是把鸡汤和鳆鱼的味道浸入豆腐中，要么是用香蕈屑、蘑菇屑、松子仁屑、瓜子仁屑、鸡屑、火腿屑，与豆腐一起在浓鸡汁中煨制。而这些鸡鱼虾屑的精华和鲜味被豆腐吸收后，则要统统丢掉，以免夺了豆腐的风采。对此，我只能说，子才，侬真能吃，也真能造！

当然，我前面说过，现在“吃货”是个褒义词，是人人奋而争当的，所以，了解一下历史上的“吃货”很有必要，这里列举的，只是史海的一朵朵浪花而已。那就让我们从这里开始认识“吃货”吧。

夜市的刹那芳华

郑开城铁通车后，开封真变成了郑州的后花园。倏忽间，不到三十分钟就能抵达。再到开封吃夜市，简直比去郑州郊区还快。

你看，夜幕四合、华灯初上，仿佛眨眼之间，开封鼓楼夜市便布满了各式小吃餐车，驴肉火烧、双麻火烧、羊肉炕馍、灌汤包子、炒窝窝头、桶子鸡、烧板肠、酱牛肉、五香羊蹄、焖羊肉串、黄焖鱼、香辣蟹、双肠汤、肚肺汤、馄饨、杏仁茶、油茶、豆沫、胡辣汤、冰糖梨、花生蘸、菊花火锅等等，不胜枚举，真让人口水直流。你哪怕每个摊点只略微吃一点儿，没有几个晚上也是吃不过来的。如今的鼓楼夜市经整修一新后，饭菜质量、卫生状况都大为改观，整齐排列的餐饮小车，穿着洁白围裙的服务人员，你每到一处他们都热情介绍自家的特色，一扫我过去的不良印象。冬日晚上，我们一行三人流连夜市，只吃了灌汤包子、油炸臭豆腐、羊肉炕馍、羊杂汤、杏仁茶、八宝饭这几样，就已经大汗淋漓、直打饱嗝了。

要说这开封夜市，最兴盛时是在北宋。那时开封是帝都东京，也是当时世界上最为繁华的都市。孟元老在《东京梦华录》里描述，当时夜市最有名的是州桥夜市和马行街夜市。“出朱雀门，直至龙津桥。自州桥南去，当街水饭、爊（熬）肉、干脯、玉楼前獾儿、野狐肉、脯鸡、梅家鹿家鹅鸭鸡兔、肚肺、鳝鱼、包子、鸡皮、腰肾鸡碎，每个不过十五文。曹家从食，至朱雀门，旋煎羊白肠、鲊脯、爁（炸）冻鱼头、姜豉、剿子、抹脏、红丝、批切羊头、辣脚子、姜辣萝卜、夏月麻腐鸡皮、麻饮细粉、素签、沙糖冰雪冷元子、水晶皂儿、生淹水木瓜、药木瓜、鸡头穰、沙糖绿豆甘草冰雪凉水、荔枝膏、广芥瓜儿、咸菜、杏片、梅子姜、莴苣笋、芥辣瓜儿、细料馉饳儿、香糖果子、间道糖荔枝、越梅、锯刀紫苏膏、金丝党梅、香枨元，皆用梅红匣儿盛贮。冬月盘兔、旋炙猪皮肉、野鸭肉、滴酥、水晶鲙（脍）、煎夹子、猪脏之类，直至龙津桥须脑子肉止，谓之杂嚼，直至三更。”后面一章更是专门记录各色饮食果子，百十种食品名称繁多，现代人已多不知所谓何物。

要说热闹，马行街北边的夜市比州桥夜市更胜一筹，“车马阗拥，不可驻足，都人谓之裹头”，“市井经纪之家，往往只于市店旋买饮食，不置家蔬”，跟如今一样，饭店遍地，方便得一般稍有进项的家庭都不用自己做饭。到了冬月，虽有风雪阴雨，夜市照常营业。在新封丘门大街，两边的商户铺面绵延十多里，“纵横万数，莫知纪极”“夜市直至三更尽，才五更又复开张。如要闹去处，通晓不绝”。到了三更，还有很多提着开水瓶卖茶水的，因为一些专办公私事务的各色人等，要到深夜方归。

从消费层次上，各种收入者皆可各得其所。讲排场的可去高档酒楼，而东京的酒楼可称得上是“彩楼相对，绣旆相招，掩翳天日”，丰乐楼、宜城楼、班楼、刘楼、八仙楼、戴楼、长庆楼，不一而足，“在京正店七十二户，此外不能遍数”，其余都叫“脚店”，专卖贵细下酒，迎接中贵饮食。而且“凡百所卖饮食之人，装鲜净盘合器皿，车檐动使，奇巧可爱。食味和羹，不敢草略。其卖药卖卦，皆具冠带。……其士农工商、诸行百户，衣装各有本色，不敢越外”。卫生质量是有保证的，穿着打扮都有专业要求。

这种繁盛的市井景象、浓浓的人间烟火味，吸引得当时的皇帝老儿都耐不住寂寞，偷偷溜出宫来，去没去马行街夜市不知道，但夜半去找名妓李师师了。周邦彦在床下偷听到了李师师与宋徽宗的对话:“低声问，向谁行宿？城上已三更。马滑霜浓，不如休去，直是少人行。”

估计周邦彦听完备受打击，马上溜回夜市，用狂吃乱嚼来抚慰自己那颗受伤的心了。

富家厨娘

有朋友告诉我，最近公司有件喜事，某世界五百强公司的区域高管欲跳槽过来，说明自己公司的竞争力、吸引力在增强云云，问我可否接纳。我说当然可以接纳，但你要对自己公司目前的发展阶段做一评估。你现在战略、管理、销售、谈判、公关、广告什么都是一脚踢，恐怕对人才的要求也是全能，而很多外企员工只是流水线的一颗螺丝钉，只做过、也只会做某方面的工作，未必能适应你的需求。就像你府上突然来了个蔡京家的厨娘，你觉得肯定是好事，会奉若上宾，但如果她只会切葱丝，你不就傻脸了吗？

朋友愿闻其详，我就给他讲了三个小故事。

其一，载宋人罗大经的《鹤林玉露》。有个名士在京师买了一妾，自称在曾任宰相的蔡京蔡太师府中包子厨中任职。名士自然大喜：咱也能吃上蔡太师家里的包子啦！某日令其做包子，答曰不能。询问她：“你既是包子厨中人，为何不能做包子？”对方回答说：“妾在包子厨中专门负责切葱丝，别的不会。”名士当即傻脸。

其二是清代梁章钜《归田琐记》中所载。雍正年间，年羹尧由大将军贬为杭州将军后，姬妾皆星散。有个杭州秀才，买得一姬做妾，听说她在年府专管饮馔，心想以后有口福了。但她说自己只负责小炒肉一味，其他事均不管。年羹尧每次吃饭，必于前一日呈进食单，若点到小炒肉，则须忙得半日，但数月也不过一二次。秀才说：“那你何不为我一试？”此姬嘲笑他说：“酸秀才，说得容易，年府中一盘肉，须一只肥猪，任我择其最精处一块用之。你家每次买肉也就一两斤，让我如何下手？”秀才听后不禁黯然。一天，秀才大喜，对她说：“村中每年有赛神会，每次照例会用猪一头，今年是我值首，这头猪供我调遣，你可以露露手艺啦！”届时，果然抬回一头全猪。此姬看后，颇不满：“我在年府中所用的都是活猪，你这是死猪，味道肯定大减。算了，我试试吧。”于是勉强割下一块肉到了厨下。那秀才在房中煮酒以待。很久才捧进一碟，让秀才先尝一下，又进厨中忙活。一会儿进房，却见秀才已瘫软于地、奄奄一息了。仔细察看，原来是秀才连舌头一起咬下，吞进肚子里了。

其三，是清人梁绍壬《两般秋雨庵随笔》里的。明代名士冒辟疆准备在水绘园大宴天下名士，先请了一位有名的厨娘。厨娘问："酒席有三等，主人预备要哪一种？"问这三种有啥区别，答曰："上等酒席，需羊五百只，中席三百只，下席一百只，其他物品相配套。"主人听后说："上太费，下太简，中可也。"于是按其要求备物以待，看她如何处理。这天，厨娘驾到，你看她领各式帮手百十人，自己则珠围翠绕，高座指挥。先牵来那三百只羊，每只割下唇肉一片备用，其余皆弃之不用。问她为什么，答曰："羊肉的精华全集中于此，其他的都腥臊没法用。"听者都错愕不已，没想到这个厨娘竟豪奢至此！

朋友听了这三个故事，也黯然陷入深思：世界五百强，那可是要有五百强的资源配置。听着好听，他要是动辄拿三百只羊的配置，而且只用羊唇，那不得把我的公司拖死？如果他一年只干一件漂亮事儿，用一头活猪做一次小炒肉，也算我没白请；倘若他只会切葱丝，那我岂不是连包子也吃不上了吗？

随后他说：罢了，看来这人我还真不敢随便用。

不吃豆腐也操心

早年在深圳弘法寺下的素斋馆吃过一餐斋饭，点了几个菜，素鱼、素鸡、素鸭，实际上都是豆制品，豆腐、豆皮之类所制。当然吃饭的我们几个都是俗人，但吃素都要“像”鱼、“像”鸡、“像”鸭，说明我们俗念很深、尘根未净，而这种以模仿荤菜为招徕的素斋模式也未免过于世俗。

豆腐，据说给茹素的和尚们提供了必要的油脂和营养，也给信奉佛教戒杀生的善男信女们一种很好的替代营养品，这倒是其发明人所意想不到的。相传豆腐是淮南王刘安所造，但翻遍《淮南子》一书，未见记载。明人苏雪溪（苏平）有诗：“传得淮南术最佳，皮肤褪尽见精华。一轮磨上流琼液，百沸汤中滚雪花。瓦缶浸来蟾有影，金刀剖破玉无瑕。个中滋味谁知得，多在僧家与道家。”北魏贾思勰的传世农书《齐民要术》里，专门有“大豆”一节，但也没有关于豆腐的记载。所以，豆腐到底是何人发明，还是个悬念。

相传朱熹不吃豆腐，是因为他搞不明白，当初做豆腐时，用豆若干、水若干、杂料若干，用秤一称总重若干，待做成豆腐后，怎么会凭空多出几斤？老先生是搞理学的，这事儿完全不合道理啊，所以，“格其理而不得，故不食”。

电视纪录片《舌尖上的中国》里形象地展示过，经过水磨过的豆浆煮沸后加入盐卤或石膏，竟然发生了那么奇妙的变化，原来流动的豆浆凝固成为雪白的豆腐，不复是粒状的大豆而变得绵软可口，可切块可切丝，可油煎可清炖，成为人间罕有的美味。

宋人林洪《山家清供》里记载的“东坡豆腐”，是先用葱油煎，再研榧子一二十枚，与酱料一起煮制。查东坡文集和诗集，只有“煮豆作乳脂为酥，高烧油烛斟蜜酒”一句差可相仿，但这也不是豆腐，而是煮豆羹。陆游则以此入诗，“拭盘堆连展，洗釜煮黎祁”“新春穲稏滑如珠，旋压黎祁软胜酥”，并自注“蜀人名豆腐为黎祁”。元代贾铭《饮食须知》说：“豆腐味甘咸，性寒，多食动气作泻。夏月少食，恐人汗入内。”到明末清初朱彝尊作《食宪鸿秘》，里面冻豆腐、酱油豆腐、煎豆腐、豆腐汤等名目繁多，吃法讲究，显然与现在已经大致不差了。

袁枚《随园食单》里有关豆腐的条目就有十则，其他还有豆腐皮、豆腐丝。印象最深的，莫过于对几款豆腐的描述，一款是“程立万豆腐”：乾隆二十三年（一七五八），袁枚与金农在扬州程立万家吃煎豆腐，谓之精绝无双。“其腐两面黄干，无丝毫卤汁，微有蛼螯鲜味，然盘中并无蛼螯及他杂物也。次日告查宣门，查曰：‘我能之！我当特请。’已而，同杭堇浦同食于查家，则上箸大笑：乃纯是鸡雀脑为之，并非真豆腐，肥腻难耐矣。其费十倍于程，而味远不及也。”

再一款是“蒋侍郎豆腐”。《随园诗话》里有一条记载：“蒋戟门观察招饮，珍羞罗列，忽问余：‘曾吃我手制豆腐乎？’曰：‘未也。’公即着犊鼻裙，亲赴厨下。良久，擎出，果一切盘餐尽废。因求公赐烹饪法，公命向上三揖。如其言，始口授方。归家试作，宾客咸夸。”在《随园食单》中记录了“蒋侍郎豆腐”的做法：“豆腐两面去皮，每块切成十六片，晾干，用猪油熬，清烟起才下豆腐，略洒盐花一撮，翻身后，用好甜酒一茶杯，大虾米一百二十个；如无大虾米，用小虾米三百个；先将虾米滚泡一个时辰，秋油一小杯，再滚一回，加糖一撮，再滚一回，用细葱半寸许长，一百二十段，缓缓起锅。”

这秘诀一公布，震杀布衣百姓：原来豆腐好吃的秘诀就在于把一百二十个大虾米的精华吸收入豆腐中。若百姓有这一百二十个大虾米，绝对不会再去吃豆腐了。还有一款“杨中丞豆腐”的秘诀也是要把鸡汤和鳆鱼的味道浸入豆腐中；另一款“王太守八宝豆腐”则是要用香蕈屑、蘑菇屑、松子仁屑、瓜子仁屑、鸡屑、火腿屑，同豆腐一起在浓鸡汁中煨制。那些鸡鱼虾屑的精华和鲜味被豆腐吸收后，是要被丢掉的，相当于“药渣”。你想，这么多美味食材如彩云追月般烘托着豆腐，那豆腐能不好吃吗？

所以，经过精心烹饪的豆腐是不会让你吃出豆腐味的，就像《红楼梦》的“茄鲞”根本就吃不出是茄子一样。梁章钜在《归田琐记》中记述他与几个高官同饮于大明湖之薜荔馆，“食半，忽各进一小碟，每碟二方块，食之极佳，众皆愕然，不辨为何物。理亭曰：‘此豆腐耳。’方拟于饤饾会，次第仿其法，而余旋升任以去，忽忽忘之。此后此味则遂如《广陵散》，杳不可追矣”。

磨豆腐的两个条件，一是有好水，一是有好磨。最好的水是山泉，明代高濂在《遵生八笺》中说：“山厚者泉厚，山奇者泉奇，山清者泉清，山幽者泉幽，皆佳品也。”明代李日华《篷栊夜话》说用歙州的石磨才能做出最好的豆腐，因为歙州出砚台，其磨臼与砚台同质，所以磨出的豆浆很细，做出的豆腐才细嫩好吃。

老年人牙齿松坏，豆腐是最适宜的食品。清人宋牧仲（宋荦）《筠廊偶笔》记载，康熙皇帝顾惜老臣，南巡至苏州，专门向巡抚宋荦颁赐食品，并传旨说："朕有日用豆腐一品，与寻常不同，因巡抚是有年纪的人，可令御厨太监传授与巡抚厨子，为后半世受用。"据说，此或与前面记述的"王太守八宝豆腐"配方相仿，断不是百姓能吃得的。

而"吃豆腐"现今已错讹成一种说法，尤专指占女人的便宜。不知何故，或由女人的肌肤软嫩似豆腐而来，或由卖豆腐的"豆腐西施"而来？

我们下酒时常吃的以"一清二白"著称的小葱拌豆腐，魅力经久不衰。这不仅是指颜色爽目，亦是味道清爽，以此明志，教人做"一清二白"之人。

四川的车辐老先生在《川菜杂谈》一书中就念念不忘成都北门外陈麻婆老店里掌勺的薛祥顺师傅，他做的麻婆豆腐那才叫正宗：先将清油倒入锅内煎熟（不是熟透），然后下牛肉，待到干烂酥时，下豆豉，放入辣椒面；再把豆腐摊在手上切成方块，倒入热气腾腾的炒锅内铲匀，掺少许汤水，最后用那个油浸气熏的竹编锅盖盖着，在岚炭烈火下督熟后，揭开锅盖铲几下就出锅，一份四远驰名的麻婆豆腐就端上桌子了。

这个"督"，原写作"火"加"督"，字典里都没有，是四川菜一种独特的烹饪手法。所谓"软督"，据说是源自烹饪时

“咕嘟咕嘟”的声音，现在的大师傅只会说“软烧”二字，“督”字快失传了。但古人所说的烧豆腐最忌者二事，是“用铜铁刀切及合锅盖烹”，上面的例子中用竹编锅盖可能就是一种折中，因为半透气也；但不用铜铁刀，恐怕是没几个人遵守了。

由豆腐还衍生出两种产品，亦为人所好，一是豆腐脑，一是臭豆腐。豆腐脑就是加工豆腐时掌握好分寸，使之处于半凝固状态，就像煎鸡蛋时蛋黄处于半流动状态一样；而臭豆腐则是以合适的温度湿度使豆腐长毛产生霉菌，这种表面臭臭的豆腐实则饱含各种益生菌。街头多炸臭豆腐的小摊儿，把颜色灰绿的臭豆腐炸至金黄，蘸着麻辣酱或芝麻酱作料，据说味极美，但我对这东西实在是过敏。所谓“闻着臭吃着香”，恶者极恶，闻之要躲八丈远；好者极好，过一阵儿没吃就要千方百计寻来一饱口福。

豆腐最能治中国人的乡愁、思乡病。褚人获在《坚瓠集》里说豆腐“水土不服，食之则愈”；先贤瞿秋白在就义前写的《多余的话》中说“中国的豆腐也是很好吃的东西，世界第一”，遂使豆腐成为绝唱。不知远在海外的华人，勾起乡愁时所啖的豆腐产自何方？

吃他河豚，值那一死

河豚肉质鲜嫩，让人难以抗拒，但其内脏中含有神经毒素，若加工不到位，极易殃及食者性命。古往今来吃河豚者之所以乐此不疲，乐趣就在于这种冒险性、刺激性。现代社会为让人们既能吃到河豚又避免中毒，规定须考取专门的河豚烹饪厨师证才能上岗操作。

宋代以来，诗人、词人吟咏河豚的很多。其中最有名的当属梅尧臣这首“春洲生荻芽，春岸飞杨花；河豚当是时，贵不数鱼虾”了，梅尧臣因而得“梅河豚”之名。欧阳修盛赞此诗“作于樽俎之间，笔力雄赡，顷刻而成，遂为绝唱”。

关于梅尧臣诗中河豚时令的早晚，明代陆容在《菽园杂记》中曾提出过疑问，他说：“荻芽长，河鲀已过时矣，而圣俞云然，予尝疑之。后观范石湖《吴郡志》，始知此鱼至春，则溯江而上，苏、常、江阴居江下流，故春初已盛出，真、润则在二月。若金陵上下，则在二三月之交。池阳以上，暮春始有之。圣俞所云，殆池阳、当涂之俗，而欧公所谓‘群游水上，食絮而肥’，南人多以荻芽为羹，则又附会之说，非真知河鲀者也。”

宋词中，吟咏河豚的还有：洪适的“一拥河豚千百尾，摇食指，城中虚却鱼虾市”；王之道的“试问荻芽生也未，偏宜，出网河豚美更肥”；辛弃疾的“快趁两三杯，河豚欲上来”；黄机的“剩买蒌蒿荻芽，河豚已上渔舟”。当然，名气最大的当属苏东坡，他的名诗“竹外桃花三两枝，春江水暖鸭先知。蒌蒿满地芦芽短，正是河豚欲上时”，已成为人们食用河豚的时令导引了。

苏东坡吃河豚成瘾，吴曾《能改斋漫录》载：“东坡在资善堂中，盛称河豚之美。李原明问：‘其味如何？’答曰：‘值那一死。’李功择尚书，江左人，而不食河豚。曾云：‘河豚非忠臣孝子所宜食。’或以二者之言问予，予曰：‘由东坡之言，则可谓知味；由李功择之言，则可谓知义。’”言外之意，忠臣孝子是不会拿自己的生命开玩笑的，这是对皇帝和父母的不负责任。

宋人袁耿《枫窗小牍》记述了自己吃河豚的惊险经历：一次他去平江姻亲家，张谏院（官名，类似纪委张书记）跟他说南来无它快事，只学会烧得一手好河豚。张书记当场献艺，烹煮完毕，两人正准备大快朵颐，忽有客人求见，就先去会见客人了。此时一只猫闻到鱼味，就弄翻菜盆，与狗一起吃了起来，俄顷，猫狗皆死。真让人捏把冷汗，夺两人性命于猫狗之口。后来汴京食店多以假河豚饷人，就是这个道理。此番经历，于今想起，亦足半死。

这就是“拼死吃河豚”的结果，有人当了先锋，有人成了先烈，像这种躲过一劫的，算他幸运。

食量大如牛

《红楼梦》第四十回，刘姥姥二进大观园，凤姐撺掇着她逗贾母开心。这刘姥姥拿自己的饭量开玩笑，吃饭时故意鼓着腮帮子：“老刘，老刘，食量大如牛，吃个老母猪不抬头！”引得贾母及众小姐笑在一起，茶水都倾洒到旁人身上，真是憨态百出。从此点可知，在上等人看来，饭量大是可笑的，得像林黛玉那样“浅尝辄止”才像样子。

古来健啖者多矣，有些说法相当夸张。据《发蒙记》载：廉颇年老，日啖肉百斤。宋明帝啖白肉至二百片，蜜渍鱁鮧一顿数金钵。萧颖胄啖肉脍二斗。唐张兴一饭肉十斤。马希声食鸡五十。范汪啖青梅一斛都尽。齐王好食鸡跖，日食鸡七十。临江王妃江无畏好食鲫鱼头，日进鲫鱼三百石。晋宦者廖习之，食量宽博，晋祖曰：“汝腹中有五百斤铁磨。”

当然，食量过人者也多别有才华，不然真成了酒囊饭袋。南宋词人周密在笔记《癸辛杂识》中有这样一则：赵雄，字温叔，宋淳熙五年（一一七八）任宰相，他长得形体魁梧，进趋甚伟，宋孝宗看了颇为欢喜。他听说赵温叔的饭量是常人的数倍，正巧手下有人进贡了一只大玉海，可容酒三升。一日把他引入偏殿，问道："闻卿健啖，朕欲作小点心相请，如何？"温叔连忙起谢。皇上遂命太监捧玉海赐酒，温叔连饮六七大玉海，又送上刚蒸好的蒸饼百枚，温叔一会儿就吃掉了一半。皇上笑曰："卿可尽之。"于是他即刻把剩余的也吃完了。皇上亲见赵温叔的饭量，才坚信不疑。后来赵温叔到荆南任职，觉得天天独自吃饭没意思，欲找一人伴食。有人推荐了本州兵马监押应聘，温叔遂召之宴饮。自早至暮，两人各饮酒三斗，猪、羊肉各五斤，蒸饼五十件。赵温叔已醉饱摩腹，而此监押竟屹然不动。温叔问："君能尚饮否？"对曰："再来点儿吧。"如此这般，又饮酒多升、吃肉无算。临走，忽闻那人腰腹间有迸裂之声。温叔惊曰："想必是吃得过饱，肠子断裂。我本是好意，不料今天却以饮食杀人。"一晚上睡不安寝。谁知天刚刚亮，卫兵就来报，说那个监押来感谢赐宴之恩。只见那人叩首感谢，道："小人不幸从小挨饿，现在又官小俸薄，一年难得吃顿饱饭，全靠腰间皮带紧勒着过日子。昨天赵公赐宴，我真吃多了，连皮带都撑断了，所以才有迸裂之声，真丢人哪，不好意思。”

可见，不管是高官还是胥吏，肚子饿了吃饱饭是天条，其他说出大天来都是假的。能吃能干固然好，只会吃也算是能享受生活吧。

梁章钜在清代做过广西巡抚、江苏巡抚、两江总督，是见过大世面的，他在《归田琐记》里就记录过这样几个健啖者：相传清初徐健庵先生食量最大，在京师数十年，无能与之对垒者。徐健庵先生解官归田，众门生为他设宴饯行。同时，安置一个空腹铜人在后座，凡徐先生喝一壶酒，就倒一壶于铜腹，以至肴胾羹汤皆然。铜腹因满而倒换过几回了，而徐先生健啖自若。乾隆年间，则首推曹文恪公，次为香圃大宗伯。传说曹文恪肚皮宽松，必折一二叠，饱则以次放褶。每次皇帝赐肉，准许王公大臣各携一羊腿出，大家知道曹文恪饭量大，都送给了文恪公，以至轿厢都堆得满满的。你看，文恪公取置扶手上，以刀片而食之，及到家，轿厢内的肉也吃完了。而香圃宗伯家甚贫，每餐或不能肉食，唯买牛肉数斤，以供一饱。肉亦不必甚烂，略煮之而已。宗伯人极儒雅，唯见肉至，则至喉中有声，比猫见老鼠者还厉害。与他同食，大伙儿都不敢下筷子。每到宗伯生日，送烧肉、烧鸭者颇多，宗伯必把烧鸭置大盘中，宴坐，以手撕而吃之，观者为之一快。

想想我们身边，或许都有一两个大胃汉，他们的故事终会成为我们温暖的回忆。我有一张姓同事，人瘦瘦高高的，但巨能吃，每次吃饭，他最后都把残羹冷炙统统包圆儿。他跟别人的所有争执，也都跟吃有关：与人反目，是“吃饭为啥不请我？”；吃饭跟食堂师傅吵起来，“为啥他的板栗红烧肉比我多？”一次到饭馆吃烩面，他在碗中发现一不明飞行物，不是叫来服务员，而是先把它摁到碗底，迅速把上面的烩面吃完，再叫老板：“老板，这是咋回事儿？”老板一看碗底赫然漂着个小动物，于是息事宁人：“那再免费送你一碗！”其时维权意识尚没那么强，免费送一碗已属战果累累；不然勇猛的老板立马把小动物吃下，说“那是油渣儿”，你也莫可奈何。吃毕，同事满足地摩着肚子，“花一碗钱吃两碗，得劲儿！”

一次，他与几位同事打赌，说自己能一顿喝下二十只生鸡蛋。同事们都不信，纷纷押注，出四百元赌他喝不完。于是我们来到菜市场，买了二十只鸡蛋，借一海碗，当场打鸡蛋。卖鸡蛋的壮汉闻听打赌，连忙劝阻，说：“我这里碰到有裂缝的鸡蛋卖不出去，觉得可惜，就打开喝下去，才喝了五只就蹿稀啦！”同事笑曰：“那是你。”我怕出事，也赶忙劝阻，“都是有知识之人，为这事伤身传出去影响不好”，但无果。你看他，开始打鸡蛋。那海碗一次盛不下十只蛋的蛋汁，他先喝上一口，腾出地方把剩余鸡蛋打完。只见他一仰脖子，“咚咚咚”，半碗蛋汁不见了，再晃晃碗，剩余半碗悉数喝尽。路人惊诧，纷纷驻足。他再打上一满碗鸡蛋汁，如是，在众目睽睽之下又两口喝完，赢得四百元。他满足地收起钞票，丢下句话：“既能吃饱又挣了钱，得劲儿！”

当然，这只是我遇到的异人之一，不足为他人效仿。张岱曰“人无癖不可与交”，我亦曰：人无异行则无生气也。连孔子也说：“不得中行而与之，必也狂狷乎？”沉闷的应试教育，把孩子都培养成了没有个性的乖乖儿，有异行者更属凤毛麟角。民国时张默生写过一部《异行传》，写了十位不同于常人的“怪论奇行”人物，他的用意，是“一、鉴于近世纪中人，多乏至性，非惟‘中行之人’不可得，即‘狷狂’者亦所罕见，故特举此赋有至性之人而表彰之。二、鉴于历代正史野史及集部中传记文字，自太史公以后，几于千篇一律，毫无生气，故特撰此粗犷恣肆之文体以解放之”。我写此篇文字，用意庶几近之。

生活家李渔

清季作家中，李渔算是个全才。他既是个畅销书作家，又会写剧本、办家庭剧团，还开了个叫芥子园的出版社，同时又懂生活、有品位，一部高雅生活指南《闲情偶寄》风靡大江南北。

李渔生在明清易代之际，想通过考取功名博得个一官半职的梦想破灭了，于是，他想开了、看透了，很世俗地活着。

李渔文章写得好。放弃了换顶子的想法，李渔的文字灵动透彻，小说《无声戏》《十二楼》本本畅销，堪比当今之贾平凹、郭敬明，以至于盗版频仍，需要他从杭州移居到南京，专程打假。后来自己开个出版社，让女婿当着总经理，自己的书自己专印，这才遏制了盗版势头。

李渔的戏曲堪称一时之绝。《笠翁十种曲》现在仍是研究清代戏剧绕不开的一座高峰，笠翁曲论更是前无古人。过去谁会把戏子干的活儿当成理论去总结？李渔不一样，他有家庭戏班，理论统统来源于实践，选剧、变调，音律、宾白，都是一场戏一场戏积累的经验，所以有极强的操作性。

李渔毫不掩饰自己对声色的喜好。“我有美妻美妾而我好之，是还吾性中所有，圣人复起，亦得我心之同然，非失德也。……人处得为之地，不买一二姬妾自娱，是素富贵而行乎贫贱矣。”于是，人到中年，李渔还买了乔、王二姬，既成为戏班的台柱子，又成为生活的左右手。奈何天不假年，二姬均于十九岁夭亡，弄得李老先生号啕伤痛，作诗悼亡。

李渔还把本性发挥到极致，毫不掩饰，写了部《肉蒲团》，虽历代都是禁书，但透彻淋漓、直指人性，引得当代后生小子冯唐都要摹写一部《不二》对其致敬。

李渔充分地享受着生活，他知道人生百年，“有无数忧愁困苦、疾病颠连、名缰利锁、惊风骇浪，阻人燕游”，于是，虽贫贱而不忘行乐。他讲究生活品位，一部《闲情偶寄》，从居室布置到家庭摆设，从饮食口味到疾病调理，无所不包。放到现在，肯定小白领们人手一本，端的是一部小资装X指南。

要说品位，李渔那真是专家。比如此时，窗外正呼呼刮着北风，在屋里涮着羊肉火锅当是一件美事，到屋外如厕则是一件难事。我们小时候住的都是大杂院，家中没有卫生间，冬天上个露天厕所，都得下个不小的决心，屁股蛋子还冻得生疼。明清之际，生活配套设施更不全，要想日子过得滋润，就得自己搞点儿发明改善。李渔虽是独门独院，但也先进不到把卫生间开在书房里，因为那味儿他处理不了。但你别急，李渔有的是创意，他在《闲情偶寄》里记了一招："当于书室之旁，穴墙为孔，嵌以小竹，使遗（小便）在内而流于外，秽气罔闻，有若未尝溺者。无论阴晴寒暑，可以不出户庭。"有味儿都是别人闻了，安心在家当宅男吧！

那时冬天也没暖气，屋里顶多放几个炭盆，坐在书房仍是手脚冰凉，还容易满屋灰尘。李渔又有一招，发明了"暖椅"："此椅之妙，全在安抽替（屉）于脚栅之下。……抽替以板为之，底嵌薄砖，四围镶铜。……置炭其中，上以灰覆，则火气不烈而满座皆温，是隆冬时别一世界。况又为费极廉，自朝抵暮，止用小炭四块。"一则小革新，解决了大问题，顿觉人生充满意义。

譬如养生，李渔讲究"善睡为先"。"睡能还精，睡能养气，睡能健脾养胃，睡能坚骨壮筋。""手倦抛书午梦长"，释书而眠，意不在睡；"半夜敲门不吃惊"，而在莫行歹事。说到疾病，李渔说得透彻：本性酷好之物，可以当药；其人急需之物，可以当药；一心钟爱之人，可以当药。这是有病先治心，比动辄开大处方、挂吊瓶高明多了。

这就是踏踏实实入世的李渔，与其让生活改变不如改变生活的李渔。

苏东坡的竹笋

竹子向以挺拔、孤傲、有节操为中国文人所喜爱。苏东坡与竹子、竹笋的渊源尤深。

坡公有言，“可使食无肉，不可居无竹。无肉令人瘦，无竹令人俗。人瘦尚可肥，士俗不可医”，为人所熟知；“食者竹笋，居者竹瓦，载者竹筏，炊者竹薪，衣者竹皮，书者竹纸，履者竹鞋”，真不可一日无此君也。

苏东坡笔下与竹子相关的诗句随处可见，“行歌白云岭，坐咏修竹林”“今日南风来，吹乱庭前竹”“欹枕落花余几片，闭门新竹自千竿”“解箨新篁不自持，婵娟已有岁寒姿”。东坡因“乌台诗案”被贬黄州时，刚到这个小城就写下了“长江绕郭知鱼美，好竹连山觉笋香”的诗句；他一生喜好竹笋，“残花带叶暗，新笋出林香”“相携烧笋苦竹寺，却下踏藕荷花洲”“长沙一日煨笾笋，鹦鹉洲前人未知”“林外一声青竹笋，坐间半醉白头翁”等，更是不知凡几。

苏东坡与他的从表兄文与可，因竹而结下了深厚友情。文同，字与可，北宋梓州梓潼郡永泰县人，自号笑笑先生，善书法和画竹，曾任陵州、洋州和湖州的太守。

《宋史》载，文与可“善画竹，初不自贵重，四方之人持缣素请者，足相蹑于门。同厌之，投缣于地，骂曰：‘吾将以为袜。’好事者传之以为口实”。缣素是一种可用于书画的细绢，但文与可不稀罕，要用它做袜子。后来苏轼到徐州任知州，文与可总算抓着救星了，给苏轼写信道：“近语士大夫，吾墨竹一派，近在彭城，可往求之。袜材当萃于子矣。”彭城是徐州的别称，文与可顺势把求画者都推给苏东坡了。

文与可是个竹痴，自况“朝与竹乎为游，暮与竹乎为朋，饮食乎竹间，偃息乎竹阴，观竹之变也多矣”。他为画好竹子，深入竹乡观察揣摩，以墨色深浅描绘竹子远近、向背。米芾认为“以墨深为面，淡为背，自与可始也”，创立了墨竹的新画法。

苏东坡这样描写文与可画竹时的情景：“与可画竹时，见竹不见人。岂独不见人，嗒然遗其身。其身与竹化，无穷出清新。庄周世无有，谁知此凝神？”与可曾言“竹如我，我如竹”，可见他的痴迷境界。

在《文与可画筼筜谷偃竹记》中，苏东坡这样记录文与可教他画竹之法："竹之始生，一寸之萌耳，而节叶具焉。自蜩腹蛇蚹以至于剑拔十寻者，生而有之也。今画者乃节节而为之，叶叶而累之，岂复有竹乎！故画竹必先得成竹于胸中，执笔熟视，乃见其所欲画者，急起从之，振笔直遂，以追其所见，如兔起鹘落，少纵则逝矣。"从此，"成竹在胸"成为做事前有通盘打算的概称。

文与可筑建墨君堂，东坡作《墨君堂记》，以竹明志："风雪凌厉以观其操，崖石荦确以致其节。得志，遂茂而不骄；不得志，瘁瘠而不辱。群居不倚，独立不惧。"文与可对苏东坡也非常钦敬，视为知音，他说："世无知我者，惟子瞻一见，识吾妙处。"

元丰二年（一〇七九）七月七日，天气晴好，苏东坡在湖州，他把久藏的书画拿出来晾晒，看到其中一幅文与可的墨竹图，而此时距文与可去世已有半年之久，忆起往日欢声笑语，东坡不觉废卷恸哭。

宋人林洪在《山家清供》中有一则"傍林鲜"，记载了苏东坡、文与可和竹笋的故事：

夏初林笋盛时，扫叶就竹边煨熟，其味甚鲜，名曰傍林鲜。

文与可守临川，正与家人煨笋午饭，忽得东坡书，诗云："想见清贫馋太守，渭川千亩在胸中。"不觉喷饭满案，想作此供也。大凡笋贵甘鲜，不当与肉为友。今俗庖多杂以肉，不才有小人，便坏君子。"若对此君成大嚼，世间哪有扬州鹤"，东坡之意微矣。

竹笋初露，刨出就竹叶点火煨熟，多么富有诗情画意的画面，称之为"傍林鲜"，真是恰如其分。东坡尝云："或为予言，草木之长，常在昧明间。早起伺之，乃见其拔起数寸，竹笋尤甚。"文与可官至临川太守，却没有肉吃，中午与家人一起煨笋下饭，可见他是个清官。

《说文》曰："笋，竹胎也。"竹笋是竹子从土里长出的嫩芽，好竹者必定与竹笋感情不一般。竹笋清淡、鲜嫩，向为文人所喜爱。袁枚说"笋脯出处最多，以家园所烘为第一"；李渔认为竹笋"清，洁，芳馥，松脆"，蔬食之美全都具备了。

"笋不与肉为友"，是将笋喻为君子，肉喻为小人，笋沾了肉就变俗。这说法未免冬烘。李渔论及笋的做法，一种是"素宜白水"，再一种就是"荤用肥猪"。素是把笋用白水煮过，淋以酱油，清淡可口；荤则要用肥猪肉，与笋同炖，让竹笋充分吸收肥肉的甘腴，熟后把肥肉剔出，再佐以清汤食之，味大美。

江浙地区有道名菜叫"腌笃鲜"，待每年二月春笋上市，用鲜肉、咸肉与春笋一起炖汤，“咕笃咕笃”，相互吸收，一点儿盐都不用放，直炖到汤汁浓白、香味醇厚，满屋春笋的馨香飘散开来，一锅上好的“腌笃鲜”就可大快朵颐了，能从二月中旬吃到三月底呢。

宋嫂鱼羹

宋五嫂的鱼羹店开在西湖旁。

五嫂一口的汴京口音，在这临安城里倒有一多半人跟她口音一样，所以并不觉得这里是异乡。真正说南音的主要是些当地土著，不过他们也在拼命地学着北方官话，只是显得舌头有些略大。

五嫂娘儿俩相依为命，儿子一早就撑一叶扁舟去西湖中打鱼了，运气好时能打上几十条鲈鱼、鳜鱼，够她一天卖鱼羹、做小菜用了。小店门脸虽然不大，但收拾得清爽、利落，店门前有树有花，绿荫四合，环境清幽，加上她做鱼羹的手艺独特，生意还算不错。

五嫂做鱼羹的独得之秘是用自己酿制的陈年老醋，并用四川特产的花椒烹炸后，使鱼羹带点儿微微的麻香味。她先将鳜鱼去骨，加上盐、葱段、姜片、少许黄酒上笼蒸熟，再把鱼肉打碎；用油烹炸葱段后取出，加入高汤、绍酒，煮沸后加入笋丝和香菇丝，再放入鱼肉和原汁，加适量秋油和盐，勾入稀芡汁；再次煮沸时倒入蛋黄液，浇上两勺陈醋、淋入香油，一份酸麻可口、酷似蟹羹的鱼羹就出锅啦！

凭着这手做鱼羹的手艺，自从五哥去世后，五嫂带着儿子一路逃难，从东京到了临安，在这西湖边上扎下根来。

那天，店中来了两位士子模样的年轻人，叫上几盘小菜、一份鱼羹，边喝酒边议论朝政，一句“多想打回北方去”，言辞当中直指当今皇上。五嫂怕惹事，看他们的鱼羹快喝完了，就上前去打断他们，说：“二位觉得这鱼羹怎样？要不要再来一份？”

那位颏下有短须的士子说：“就说你这鱼羹爽口呢，让人想起了在东京时常吃的口味。”

五嫂惊讶说：“我的小店原来就在东京汴水边的大梁门啊，这不到临安都快十年了，还以卖鱼羹为生。”

“那是故人啊！洪兄，这么可口的鱼羹，可否激发你的填词雅兴啊？”怂恿他的是那个面目清秀的士子。

“好啊，填上几句吧！大嫂，有笔墨吗？”短须士子从行囊中取出半幅白纸，接过笔墨，略一思索，写下：

“渔父饮时花作茵，羹鱼煮蟹无它品。世代太平除酒禁，渔父饮，绿蓑藉地胜如锦。”

“好啊！”白面士子赞道，“我为你续上一句。”他接过毛笔，笔走龙蛇起来，“渔父醉时收钓饵，鱼梁晒翅闲乌鬼。白浪撼船眠不起，渔父醉，滩声无尽清双耳”。

两人一番唱和，还不尽兴，把词贴在五嫂店中的墙上，才相扶而出，一路吱吱呀呀地走了。

转眼就过了谷雨，这一日天气晴好，五嫂擦净桌椅，开始准备中午的菜肴。抬起头，却见两艘画舫慢慢地朝她这边驶来，船首站着一位面皮白团团的汉子。

“是宋五嫂的鱼羹店吗？”那汉子问道。

“是啊是啊，客官，您老里边请！”

这时几个后生从画舫中扶出一位六七十岁的长须老者，穿着绫罗长袍，虽然年迈，但一看就是副风刮不着、太阳晒不着的样子。

“这是我家老爷，听说你是从东京过来的，做的鱼羹特别有东京风味，所以专程过来品尝一下！”

“您老稍候啊，来，先品一品这儿新出的西湖龙井。”

过了少许工夫，一大盆热气腾腾的鱼羹就端上来了。老者品了一口，赞叹道：“嗯，确实是东京口味，没变啊！”

“这位老嫂子,你是什么时候从东京到临安的？”老者问道。

“唉，靖康二年，金人打进了东京城，那个烧杀抢掠啊，我那五哥稍不顺从，就被金人乱刀砍死了，鱼羹店也被砸了。后来，我就带着儿子一路打着短工逃到了临安城。可我还是想我那大梁门的家啊，您老给说说，咱们还有希望重回东京吗？”

老者黯然，过了一会儿才说:“东京自古以来就是我大宋的固有领土，如今虽然被金国占领了，但俺们正在谈判，所以你还是有机会重回东京开鱼羹店的……”

几位后生扶老者回到画舫，中年汉子殿后。过了片刻，汉子又下得船来，手拿着金钱、布匹，对五嫂说:“你可知道刚才那位是谁不？那可是当今太上皇！太上皇念你忠贞不贰，千里迢迢追随到临安，又年老无伴，专门赏赐你金钱十文、银钱一百文、绢十匹，还不叩头恭谢皇恩！”

几天后，一块由太上皇赵构亲笔题写的“宋嫂鱼羹”牌匾挂在了五嫂小店的门头上。从此达官贵人争相到鱼羹店品尝不提。

南宋的国宴

日日思归饱蕨薇，春来荠美忽忘归。
传夸真欲嫌荼苦，自笑何时得瓠肥。

采采珍蔬不待畦，中原正味压莼丝。
挑根择叶无虚日，直到开花如雪时。

这是淳熙三年（一一七六）陆游在范成大幕中时写的两首诗。闲居无事，漫步山野，觉得荠菜等野菜的味道也不错，不亚于莼菜、瓠瓜。

陆游是两宋最高产的诗人，仅流传下来的诗就有九千余首，其中有关饮食的就达数百首。想来陆游也是身处江湖而心系庙堂，日日惦念着“王师北定中原日”，所以在他的笔记中既能见到典章制度，又能看到皇家饮食。在他的《老学庵笔记》里，就有一份淳熙年间的国宴菜单，那是南宋皇帝招待金国使者的御宴菜单，极为难得，是认识当时生活水平和饮食状态的第一手资料："集英殿宴金国人使，九盏：第一，肉咸豉；第二，爆肉双下角子；第三，莲花肉油饼骨头；第四，白肉胡饼；第五，群仙炙太平饆饠；第六，假圆鱼；第七，柰花索粉；第八，假沙鱼；第九，水饭、咸豉、旋鲊、瓜姜。看食：枣馉子、膸饼、白胡饼、环饼。"

两宋时期，经济发展迅速，百姓生活也极为丰裕，虽然金国屡屡进犯，最后以至于国都南迁，半壁江山沦落，但市场繁荣景象不减。从孟元老笔下《东京梦华录》中的东京汴梁，到周密《武林旧事》中的临安城，街巷上酒楼食肆热闹非凡、各式店铺商品琳琅满目，煎炒烹炸酒肉果品、真珠匹帛香药铺席、博易估衣花环领袜一应俱全，乃是当时世界上最繁华的大都会。无怪乎宋朝南渡后，孟元老带着满怀伤感写下《东京梦华录》，从此也创造了梦华体。后世的《都城纪胜》《西湖老人繁胜录》《梦粱录》《武林旧事》《如梦录》等无不继承它的衣钵，带有淡淡的伤感来回味逝去的繁华胜景。

与陆游笔记中的国宴菜单相对比，《武林旧事》中记载绍兴二十一年（一一五一）十月宋高宗赵构驾临清河郡王张俊的府第，那排场比国宴更大，光是吃喝招待，就先是“绣花高饤一行八果垒”，再来“乐仙干果”十几种、“缕金香药”十几种，接着是雕花蜜饯（煎）十几种、砌香咸酸十几种、脯腊十几种、垂手八盘子，然后是各种切时果、时新果子，其后才是下酒菜十五盏，每盏两道菜，各式山珍海味、大鱼大肉，后面有插食十盏、劝酒果子库十番、厨劝酒十味、对食十盏，再后还有晚食五十分、大碟下酒、合子食、时果十槅碟等等，真让人叹为观止。

与此相比，招待金国使者的国宴可说是颇为简陋，只有九盏菜。时隔九百年，对这些吃食的称谓，现在的人们都很隔膜，能查到的一些解释，也多穿凿附会、缺少依据。现根据我学习伊永文笺注的《东京梦华录笺注》（中华书局二〇〇六年版）的体会，加上自己钩稽到的资料，来重新做一个诠释，以诠释这些菜都是哪些东西。

集英殿是皇帝举行御宴的场所，叶梦得《石林燕语》中说：“集英殿，旧大明殿也。明道中改今名，每春秋大燕（通‘宴’）皆在此。”所以，两国交兵，大宋又屡屡败北，放在这里吃饭是很给金国使者面子的。宋时，多为分餐制，每人面前一张案子，各道菜分别上到各人面前。这九盏，就是用九个大盘子上菜。

第一盏，肉咸豉。金国是女真人，以狩猎为主，当然喜欢吃肉。《东京梦华录》里记载过多处“咸豉”“盐豉”“盐豉汤”等菜点，宋元间《事林广记》中就载有“肉咸豉”的详细做法：把一斤精肉切成骰子状，加盐一两半搅拌，用四两生姜切成薄片放油锅内炸一下，用剁烂的猪油炒一斤豆豉；将肉放在锅内炒，再下豆豉、姜、橘皮，再下马芹、花椒，加入浓汤，待汤收干后即可食用。除了肉多、豆豉多之外，看不出这个菜品有何特殊之处，竟然还是头道菜。

第二盏，爆肉双下角子。《东京梦华录》里有“双下驼峰角子”，元代忽思慧的《饮膳正要》里有“水晶角儿”“撇列角儿”“时萝角儿”。这双下角子，就是我们现在所吃的饺子。那时的角子与现在的饺子区别在于，在和面时要加入些猪油或羊油，这样使饺子吃起来更筋道、肥美；爆肉，则是馅料。同样是写宋时生活的《金瓶梅》中，潘金莲在等待西门庆时，蒸好角子舍不得吃，仆女偷吃还挨了顿打，说明角子是有贵客才能吃到的。

第三盏，莲花肉油饼骨头。《东京梦华录》中有“莲花肉饼”，是一种带肉的馅饼，拼摆成莲花状，烤至金黄色；《事林广记》中载肉油饼是用白面与羊脂、猪脂的碎丁一起和制，再加上羊骨髓，裹入肉馅后烤熟。《居家必用事类全集》里载有下饭的“骨炙”，是用带肉的羊骨头先放在沸汤中浸煮，再洒些酒，放在火上烤制。莲花肉油饼骨头当是带肉骨头配肉油饼。

第四盏，白肉胡饼。白肉即煮好的未加带色作料的熟肉；胡饼，“胡”通常指西域和北方边陲地区，宋代黄朝英的《缃素杂记·汤饼》中说：“盖胡饼者，以胡人所常食而得名也。”明代蒋一葵在《长安客话·饼》中介绍：“炉熟而食皆为胡饼，今烧饼、麻饼、薄脆酥饼是也。”还有一种说法是此饼与胡麻有关，是在烤制的面饼上面撒上胡麻，亦即后来所言的芝麻，因名为胡饼。这有点儿近似陕西的锅盔和新疆的馕，比烧饼个儿大，能存放很长时间，可以剖开在里面夹肉或菜。这个白肉胡饼很可能就是烧饼夹肉。

第五盏，群仙炙太平饆饠。群仙乃是八仙之类，比喻品种多；炙是一种烤肉法。太平饆饠中的“太平”是形容词，是吉祥意；而饆饠，《玉篇》里讲“饆饠，饼属”，李济翁《资暇集》中载：“蕃中毕氏、罗氏好食此味，今字从食，非也。”《太平广记》引用《卢氏杂说》为“翰林学士每遇赐食，有物若饆饠，形粗大，滋味香美”，刘恂《岭表录异》说用蟹黄“淋以五味，蒙以细面，为蟹黄饆饠，珍美可尚”，段成式《酉阳杂俎》也曾说“韩约能作樱桃饆饠，其色不变”，可知这个饆饠是一种有馅儿的面食。饆饠可裹以蟹肉、猪腰，也可裹入烤肉，制成可口的面点。

而第六盏和第八盏菜，假圆鱼、假沙鱼要放在一起来说。

人们看到此都会有很大疑问：皇帝的御宴，连真圆鱼和真沙鱼都吃不起吗？其实这是个饮食习惯问题。《东京梦华录》的“饮食果子”一节里，记载有假河豚、假圆鱼、假野狐、假炙獐、假蛤蜊等。做假河豚人们能理解，因为河豚虽味美但有剧毒，加工、烹调失误者往往会断送食者性命，所以有“冒死吃河豚”一说。而圆鱼是甲鱼的别称，沙鱼则是一种长喙如锯的鱼类，肉质鲜美，这两种鱼类也不能吃吗？《事林广记》的“饮馔”项内记述了多种假蛤蜊、假白腰子、假熊掌、假沙鳝的做法，多是用羊肉、猪肉或鱼肉剁碎，与绿豆粉和匀压实，做成造型，调制成近似的味道，既享受此类食物的美味，又不冒什么风险，食材来源还简单易得，可谓一举多得。

第七盏的柰花索粉，也是一种口味的调剂。柰花，杨慎《丹铅录》载：“《晋书》都人簪柰花，即今末利花也。”即茉莉花；索粉就是用绿豆粉或大米做的粉条，《易牙遗意》中记载有索粉的具体做法，跟如今农村手工制作的粉条基本相同，现在福建莆田还有一种名吃叫“菜丸索粉”。这里的柰花索粉是把茉莉花当作金银花一样的食材，做成可口的粉条汤，讲究的是色香味俱全。

第九盏，水饭、咸豉、旋鲊、瓜姜。水饭，俞樾在《茶香室丛钞》中引《金华子杂编》中“我未及餐，尔可且点心，止于水饭数匙”，说水饭即粥也；咸豉，就是带有豆豉的佐粥咸菜；旋鲊，旋乃新鲜义，是把切细的蔬菜腌制、凉拌的爽口小菜；瓜姜，是一些腌制的黄瓜生姜之类的下饭小菜。

看食：枣馉子、髓饼、白胡饼、环饼。看食就是一些点心类的食品，一般是拘于礼仪略尝辄止，所以叫“看食”。这枣馉子就是枣馍，髓饼是烤制的甜点，白胡饼是不带芝麻的烧饼，环饼就是馓子。《东京梦华录》中皇家宴会上有枣塔，想必与枣馉子一样都属于多枣类面食；髓饼、环饼在《齐民要术》中都有详细的做法，髓饼里面含蜜和髓脂，是一种烤制的甜面点；环饼则是油炸的馓子，吃着香甜，还便于存放，是吃过酒席后点缀席面的面食。

看了这份九盏菜的国宴菜单，我们都会哑然失笑，心想南宋时的御厨手艺、国宴水平不过尔尔，别说跟现在的婚宴相比有差距，还不及我们日常招待朋友的宴席规格呢。

关于工作餐兴废的争论

宋代工作餐每顿花费多少？罗大经《鹤林玉露》中的《堂食》透露了个小奥秘：“渡江初，吕元直为相，堂厨每厅日食四千；至秦会之当国，每食折四十余千。执政有差，于是始不会食。胡明仲侍郎曰：‘虽欲伴食，不可得矣。’”

吕颐浩（一〇七一～一一三九），字元直，宋室南渡后，曾两度拜相，兼领相权与军权，位高权重。秦桧（一〇九〇～一一五五），字会之，北宋末年与宋徽宗、钦宗一起被金人俘获，南归后任礼部尚书，并两度拜相，前后执政达十九年。

南渡之初，吕颐浩当宰相时，堂厨是每天花费四千个铜钱；而到了秦桧执政，伙食标准则翻了十倍，每顿折合四十余千铜钱，而且规定随各人官阶不同，堂食标准也不同，所以也就会不成餐了。时任礼部侍郎的胡寅（字明仲）主张抗金，与秦桧不合，他发牢骚说：“我倒是想陪吃，可没机会了啊！”

古代工作餐制度最早起源于东周。《国语·楚语下》载：“楚成王闻子文之朝不及夕也，于是乎每朝设脯（即肉干）一束、糗（即干粮）一筐，以羞（送给）子文。至于今令尹秩之。”子文是当时的令尹，相当于宰相，他体恤百姓，家无积蓄，每餐朝不保夕，楚成王于是每日上朝就给他准备些干粮。

到唐宋时，朝会过后，在政事堂给群臣提供一顿公费工作餐，叫“堂食”，又名“堂馔”，已成定制，而且不限于宰相。

别小看这顿工作餐，围绕它还引起了一场争论。

《资治通鉴》卷二百二十五载：唐代宗时，元载、王缙为宰相，代宗每天皆赐以内厨御馔，可够十人食用，后遂为定制。后来，元载因贪贿伏诛，王缙对其顺从不言，也因而被贬。新任宰相常衮与朱泚上言：“餐钱已多，乞停赐馔。”代宗同意了。常衮又欲辞堂封（唐制：堂封，岁三千六百缣，相当于年终奖），引起同僚的强烈反对。他们讥讽常衮，“朝廷厚禄，所以养贤，不能，当辞位，不当辞禄”。

常衮是个清高孤傲的宰相，他不妄交游，史称“颇务苛细，求清俭之称”。他先是奏停赐馔，然后又欲辞堂封，自然引起了其他同僚的异议，他们认为常衮是自己无能，朝廷给官员厚禄，是用来养贤人的，你若没这个能力，该辞的不是厚禄，而应当辞职。

唐代宗后的宪宗、穆宗朝，一仍其例，照旧提供堂食。唐人李肇的《唐国史补》卷下载:“元和（宪宗年号）已后，悉去旧仪，唯乘马入省门如故。上讫，宰相百僚会食都堂。”这堂食的范围从十人扩大到了宰相百僚。

常衮“奏停赐馔”的例子后来成了国家有难时检验群臣态度的一块试金石。《宋史》载: 熙宁元年（一〇六八），宰相曾公亮以“河朔一带因灾受害，国家用度不足”为由，请求皇上对两府官员“不赐金帛”。宋神宗让翰林学士们商议，王安石和司马光就以常衮停馔的例子争论了起来。

王安石以“辞堂馔”的典故为例，认为“国用不足，并非急务，当务之急是找到并任用善于理财之人”；司马光则认为救灾当紧，国家财政紧张，当然应该从身边做起，先停赐金帛。两种针锋相对的观点，弄得神宗一时也六神无主，最后神宗答曰:“朕的意见与司马光相同，今且以不允答之。”

一顿堂食是免还是不免，竟有关国计民生，可见这堂食的兴废兹事体大。

据说堂馔的伙食不错，苏东坡在惠州时，曾给弟弟子由写信:“子由三年食堂庖，所食刍豢，没齿而不得骨，岂复知此味乎？戏书此纸遗之，虽戏语，实可施用也。”

但也有人嫌这工作餐不好吃，五代后汉时的宰相苏逢吉早已吃不惯堂食了，他开起了小灶。《新五代史·汉臣传·苏逢吉》载:“逢吉已贵,益为豪侈,谓中书堂食为不可食,乃命家厨进羞,日极珍善。”

堂食也成为检验官员们为政态度的一个标准。清末民初孙静庵《栖霞阁野乘》载：一日会食军机处，同列有征唐宋宰相堂餐故事者，时任大学士的刘墉忽朗吟曰：“但使下民无殿屎，何妨宰相有堂餐。”殿屎（xī），即愁苦呻吟。就是说，只要民众没有呻吟声，何妨宰相们天天吃堂食呢。吃堂餐，成了刘墉标榜自己的政治资本啦。

真率会·挑菜会·吃糠会

对于吃喝，历来有豪奢和俭省两种路子。豪奢者人乳饮豘、食必方丈，以石崇、何胤为代表；经济稍宽裕者，宴饮宾客也务求丰腆，“一筵之设，水陆毕具，堆盘累碟，深杯大瓢”，这虽是人之常情，但也以适度为宜；否则，范竹溪问道：“满桌尽是剩余，何不为惜福计也？”何谓暴殄天物？袁枚说：“暴者不恤人功，殄者不惜物力。”

所以，反其道而行之，以简素为旨，力求粗茶淡饭、俭省节约，也一直是另一种潮流，历史上司马光的“真率会”、梁章钜的“挑菜会”、倭仁的“吃糠会”皆如是。

宋神宗熙宁二年（一〇六九），王安石拜相，实施新法。因政见不合，司马光辞去现职，挂了个西京留司御史台的闲差，卜居洛阳，跟他的写作班子专心编纂《资治通鉴》去了。先后做过宰相的文彦博、富弼、范纯仁等人也都纷纷退居洛城，图个眼不见心不烦。

司马光在洛阳一待就是十五年，其间，他与一帮离退休老干部一起，成立了“真率会”，有人说是政治团体，欲谋求东山再起。其实，一群六七十岁的老先生，哪儿有那么大的心劲儿，就是一起吃喝聊天赏花、叙叙老友旧谊罢了。

司马光曾于元丰六年（一〇八三）作诗《二十六日作真率会，伯康与君从七十八岁，安之七十七岁，正叔七十四岁，不疑七十三岁，步达七十岁，光六十五岁，合五百一十五岁，口号成诗，用安之前韵》，从题目上就能看出参加“真率会”的耆老名单和年龄，其中以司马光最年轻——六十五岁，他的哥哥司马旦（字伯康）和席汝言（字君从）最年长——七十八岁。“真率会”打破官场习气，“序齿不序官，为具务简素”，时人莫不称慕。

司马光为此专门作了《真率铭》：“吾斋之中，不尚虚礼。不迎客来，不送客去。宾主无间，坐列无序。真率为约，简素为具。有酒且酌，无酒且止。清琴一曲，好香一炷。闲谈古今，静玩山水。不言是非，不论官事。行立坐卧，忘形适意。冷淡家风，林泉高致。道义之交，如斯而已。罗列腥膻，周旋布置，俯仰奔趋，揖让拜跪，内非真诚，外徒矫伪。一关利害，反目相视。此世俗交，吾斯屏弃。”

邵伯温《邵氏闻见录》、吴曾《能改斋漫录》里对此都有或详或略的记载。吕希哲《侍讲杂记》这样记述“真率会”详情：

温公居洛，与楚正叔通议、王安之朝议耆老六七人，时相与会于城内之名园古寺，且为之约，果实不过三品，肴馔不过五品，酒则无算。以为俭则易供，简则易继，命之曰“真率会”。文潞公时为太尉守洛，求欲附名于其间，温公不许，为其贵显弗纳也。一日，潞公伺其为会，具盛馔直往造焉。温公笑而延之，戏曰：“俗却此会矣。”相与欢饮，夜分而散。后温公语人曰：“吾不合放此人入来。”

因为文彦博（潞公）以太尉在洛阳领职，算是现职干部，打破了“真率会”退居二线和离休老干部的结构，司马光（温公）起初还不想让他加入呢。文潞公带着菜肴直接闯入，司马温公觉得他让聚会变“俗”了。

为真正体现俭省，“温公真率会约有一条云：‘召客共作一简，客注可否于下，不别作简。’”（《苕溪渔隐丛话》）各位客人只在同一份请柬上注明自己是否到会，就不再每人发一份请柬了。菜食数量也严格控制。一次，楚正叔违约增加了饮食之数，还被罚补办了一回。

司马光关于“真率会”的诗多达十数首。聚会之中大家诗文唱和，以简朴为乐，文彦博有诗：“近知雅会名真率，率意从心各任真。颜子箪瓢犹自乐，庾郎鲑韭不为贫。加笾只恐劳烦主，缉御徒能困倦宾。务简去华方尽适，古来彭泽是其人。”范纯仁和之曰：“贤者规模众所尊，屏除外饰贵全真。盍簪既屡宜从简，为具虽疏不愧贫。免事献酬修末节，都将诚实奉嘉宾。岂惟同志欣相照，清约尤能化后人。”司马光亦和道：“洛下衣冠爱惜春，相从小饮任天真。随家所有自可乐，为具更微谁笑贫。不待珍羞方下箸，只将佳景便娱宾。庾公此兴知非浅，藜藿终难作主人。”一觞一咏中，尽显安于俭素、不事铺张的高致。

这种提倡俭简的“真率会”方式，到后世仍被一些官员、文人所效仿。清康熙三十三年（一六九四），曾任刑部尚书、《明史》总裁官的徐乾学邀集钱陆灿、盛符升、尤侗等人亦组成“真率会”，并作《真率会约》，以扭转“习俗骄奢，转向夸斗”之风，倡导“人则宁质以救伪也，物则宁俭以砭奢也”，这也是向唐宋时期白乐天“耆老会”与司马温公“真率会”的致敬之举。

再往后，曾任江苏巡抚、广西巡抚、两江总督的梁章钜，也以俭省为号召，与魏源等人成立“挑菜会”。《荆楚岁时记》有“正月七日为人日，以七种菜为羹”的习俗，他们就在此日

“以七种菜饷客”，以示自己戒丰奢、倡节俭的态度。梁章钜在《浪迹丛谈》中写道：“丁未人日，在扬州集罗茗香、黄右原、严问樵（保庸）、魏默深（源）、吴熙载（廷飏）、毕韫斋（光琦），作挑菜会，古无此目，借坡公‘七种共挑人日菜’句为名。扬州饮馔丰侈，习以为常，聊存示俭之私忱，或可衍成竹西韵事也。”

梁章钜还以《人日叠韵诗》为题，写下二十二首诗，其中有“元日至人日，无日不晴天。自是太平象，能无行乐便？清流宜冷集，陈册要新篇。莫笑寒庖俭，期传挑菜筵”的句子。我们从袁枚《随园食单》中知道扬州饮馔业的发达状况和食不厌精的精致程度，一帮省部级官员在扬州吃着七样菜蔬（用的是韭菜、瓢儿菜、荠菜、菠菜、芹菜、笋、白菜七种时蔬），欲成“竹西韵事”，虽不乏海参鱼翅吃腻后换换口味之嫌，然总比铺张浪费好吧。

更有甚者，不仅有人挑菜，还有人甚而至于吃糠，并组织“吃糠会”予以弘扬。《清稗类钞》中“八旗学派”条载：倭仁是清道光九年（一八二九）进士，官至文华殿大学士，有“理学大师”之名，他与曾国藩、吴廷栋相与讲学，兼讲经济，皆秉承朱子之志而力践之；又创“吃糠会”，以厉侈靡之俗，为朝野所推重。史载倭仁“正色不阿”，实际上有点儿老顽固、老正统的意味，他的“吃糠会”虽不能整饬纲纪，但还是得到了曾国藩这样的“中兴名臣”的赞同和参与。

此风一直延续到晚清、民国，还有“同治挑菜会”“吴门真率会”之类雅集，目的都是崇尚节俭、倡导粗茶淡饭，也以此团结同好。说到底，无非是三五好友借以明志，表现一下自己的名士风度、不同凡俗罢了，想以此匡正时弊、扭转世风恐怕还很难。因为在中国历代，吃得安稳乃至吃得丰盛的时候并不多，所以，为了防止“吃了这顿没下顿”，人们吃喝时都有一种报复心理，以奢侈为荣。

我倒是觉得，在吃的方面不妨丰赡，只要不浪费，就不叫“暴殄天物”。能做到郑樵《食鉴》中说的那样更好：“食味无务于浓酽，其要在于淳和；食料无务于丰赢，其要在于从俭；食物无务于奇异，其要在于守常；食制无务于脍炙生鲜，其要在于蒸烹如法；食用无务于餍饫口腹，其要在于饥饱处中。”一切以适量、适口为宜，吃得好些，不算罪过吧。

辑四 春臆

关于肥肉

我采访过丁聪先生，那时他已快九十岁了，仍一头黑发，身体硬朗，定期在报刊上开专栏画漫画。问他养生秘诀，曰“一不锻炼，二爱吃肥肉”，把我们过去的养生经验全部颠覆了。此说使我对肥肉一直保持着好感。

所以，听说装帧设计家朱赢椿策划六年始成的随笔集《肥肉》问世，我连忙购进一册，读毕大呼过瘾。书中几十位各界人士撰稿，回忆自己与肥肉的因缘，大都对肥肉充满赞美。此书设计独特，像整块肥肉，夹杂几丝瘦肉，封面无字，仅书脊上有“肥肉”二字；他还为那些对肥肉过敏的读者着想，又在折页做了第二张封面，白纸上嵌了块红烧肉；书中还附上了若干张“文革”期间的肉票，且凭书中的供应票可换四十块钱的法国猪肉。总之，这本《肥肉》把与肥肉有关的视觉元素做得相当到位，也勾起了我与肥肉的若干回忆。

一

话说上世纪七十年代，我父亲被下放在驻马店地区的一个县城。那时吃肉基本上是靠春节，平时每人每月半斤肉票根本无法满足孩子们对肉的想象。父亲从下放的县里，每年春节前会带一些猪肉、腌鱼回到郑州。可以说，我们家就指望着这些肉类来完成过年的仪式了。

有一年（一九七三年或一九七四年），父亲春节前竟然空手而归了。坐下，歇口气儿，父亲说：我把肉弄丢了。

全家都很吃惊。他把在驻马店换乘火车时的经历讲了一遍。

那天父亲下了长途汽车，到火车站还有一段路程，他带的东西多，有鱼有肉有日用品还有一个水缸的木盖子，不好拿。在站口，看到一个农民拉着架子车像在拉脚，就给点儿报酬让他拉到火车站。路上，父亲跟那人闲聊几句，路过一个厕所，父亲让那人稍等，进去方便下。

进去，出来。

架子车不见了！

转遍车站附近的大街小巷，都没找见。

父亲沮丧地没了办法，那可是一家人的春节“福利”啊。寻找无果，抱着最后一线希望，父亲到车站派出所报案。公安说：马上过年了，现在没人手，等过完年再说吧。

父亲就这样两手空空地回到了郑州。

那一年，全家是在沮丧中度过春节的。幸好哥哥的同学听说此事，帮忙买了些猪肉，那个春节才算是勉强有了些肉味。

过了正月十五，父亲重回县里。谁知，过两天又回来了，而且带回了大包的略带臭味的肥肉、腌鱼！

原来，父亲路过驻马店火车站，就去派出所碰碰运气，问一下结果。谁知，公安告诉父亲：案破了，鱼、肉都追回来了。

原来父亲在丢东西前与那农民聊天，那人说他是某某公社的。就这样一条信息，帮助公安破了案。春节后公安赶到这个公社，那时的农民胆小，偷了东西又心虚，鱼和肉都没敢动，只吃了些副食品，见到公安来抓，立马就交代了。大鱼大肉完璧归“曹”。

所以，我对大鱼大肉的记忆一直都带有淡淡的臭味。这本《肥肉》，又把那段带有微微臭味的回忆勾起来了。

二

那时，我母亲早逝，我到父亲下放的县城里上了半年小学，学会了不讲卫生，学会了用方言骂人。回到郑州，姐姐见状痛哭，立时把我原来的衣服全部换掉，并发誓不让我回那个县城里上学了。

在县城的半年，我印象最深的就是食堂的“米粉肉”（即粉蒸肉）。食堂每周改善一次伙食，把五花肉切成小条，裹上米粉，用油炸过之后，再加上其他配料、作料，用黑陶小碗盛着，上笼蒸。别的菜可能是三分、五分钱一份，米粉肉就是一毛。我对黑陶小碗印象特深，它只有一般饭碗的三分之一大，这样才显得金贵。看见黑陶小碗，那就意味着改善生活。那时爸爸在县房管所当会计，在食堂吃饭的大都是些泥工、瓦工、木工、电工等，多为“一头沉”（即老婆孩子在农村，自己独个儿在县城）。他们的饭量很大，平时都是一大碗烩菜、三四个馒头，蹲在院子里，吃得很满足，印象中只有少数人才舍得吃米粉肉。我则是天天盼着这种黑陶小碗的米粉肉。奇怪的是，直到九十年代，我在很多单位食堂吃饭时，盛粉蒸肉、霉菜扣肉的还是这种黑陶小碗；直到前几年，我所在的单位引进一位周口师傅来承包食堂，盛粉蒸肉的，仍然是这种黑陶小碗。可以想见河南农民的黑陶小碗情结有多么深。

星期天，父亲和我就自己做饭，点着煤油炉，把各种菜、粉条、馒头等在锅里一阵乱炖，倒也吃得其乐融融。那时多想天天吃肥肉啊，但实际情况是平时吃的菜油水很少，我的身体又在发育，营养常常跟不上。我记得食堂常吃盐水煮黄豆芽，难得见半星儿油腥，弄得我常常大便干结，要送到医院“灌肠”。直到现在，在饭桌上见了黄豆芽，我都会躲得远远的。

现在想想，那些日子真是没法过；但在当时，并没有感觉到苦，因为人人都是这样，你并不比别人特殊。那时我们也不知道真正的好日子是什么样，就像粉碎“四人帮”后人们愤怒声讨江青一样，说“那婆娘床头一罐白糖、床尾一罐红糖，想吃白糖吃白糖、想吃红糖吃红糖，这么好的日子还不满足，还想着篡党夺权”。而我能想象的好日子，就是天天吃粉蒸肉吧。

回到郑州，我的肥肉记忆与一个老司机有关。我家住的大杂院里，有位公交车司机老王，特爱吃肉，自己也经常下厨，印象最深的是他像红烧肉一般泛着油光的脑门和凸起的大肚子。在那年月，难得有几个大腹便便的人，他就是我见过的极少的一个。他常常把桌子摆在一棵大柳树下，放碗红烧肉和几样小菜，再弄上一杯小酒，那生活，真让小伙伴们羡慕。他年年是公交公司的标兵，据说经验是距离停靠站老远就挂上空挡，让车靠惯性滑行到站，所以节油冠军总是他。不知道那时的公交车司机是否工资很高，还是他人脉广泛，闹不清他家怎么老是吃肉，而为什么我们家就没有。虽然羡慕，但“人穷志不短”，仍要装作无所谓的样子。

那时吃肉要凭肉票，谁家舍得这样吃肉？因为炒菜的豆油或菜籽油每人每月凭票只能买二两，所以炒菜要想有点儿油腥味，都得靠买些肥肉炼大油。炼过油的油渣儿往往是最受欢迎的食物，但注意油渣儿不要炼太久，那样会太柴；要保持适当的丰腴和柔软，再在上面撒些盐，趁热放在嘴里，就能听到吱吱啦啦的声音，那简直是世界上最美妙的音乐。

那时最受欢迎的职业，是在国营菜场的营业员。我们院子里有个姑娘，下乡回城后分配到菜场卖肉，由于工作热门，给她介绍对象的络绎不绝。她家也是天天吃肉，窍门就是卖肉时剔骨别剔干净，那些连筋带肉的骨头，下班后就便宜处理给了菜场职工。所以，找她“走后门”的跟给她介绍对象的一样多，很是风光了几年。

附带说一句，司机老王爱吃肉、爱下厨，看来水平确实不低。改革开放后，他退了休还到一家星级酒店干过专职大厨。

忆苦吃菜团

俗云，“咬得菜根，则百事可做”。我小时候则以为，只要能吃上野菜团子，让干啥就干啥。

我说的语境,是在上世纪七十年代。那时流行“忆苦思甜”。“忆苦”，就是请一些老贫农去学校、工厂诉旧社会的苦，在痛哭流涕和高喊口号之后，每人发一个用杂面包裹着野菜蒸成的菜团子，让大家体会一下“吃苦”的滋味，这是忆苦会的高潮部分。我们这些小孩子，这时候往往都会涌向学校，争吃那些野菜团子，倒像是在改善生活。因为小孩子太多，学校不胜其烦，后来一开“忆苦思甜”会，就把校门紧闭，弄得哥哥姐姐们不得不偷偷往家带野菜团子。说实话，我倒没觉得那些野菜团子难吃到哪儿，因为我们现实中的饭菜，实在不比野菜团子好吃到哪儿；相反，偶尔换换花样，让我们耳目一新，感受到了生活的美好。

其实，那时平素大家也没少吃野菜，常有人去郊外挖些野荠菜、马齿苋、灰灰菜、蕨儿菜、野艾蒿之类，用开水焯焯，凉拌着或包成素饺子，别有一种风味。至于能吃到榆钱儿、槐花、柳芽甚至香椿，那就是一家人在改善生活了。

到了八十年代，父亲才常给我讲起，他四十年代在昆明和上海工作的时候，是个小白领，负责公司的财务，混得还不错，公司老板是个留德归来的“海龟”，父亲每天管的金条就像劈柴一样抱一捆儿；他们那帮年轻人出去的时候，锃亮的皮鞋走起来“咔咔”的就像马队。当然，七十年代时他是不敢这样乱讲的，我家成分“高”，那样说会被诬为想“变天”。我父亲是个老实人，甚至有些胆小，他只有在心里念叨“老子曾经也阔过”。从那种日子再到吃野菜团子，对我们家来说，恰与“忆苦思甜”相反，像从根吃的甘蔗越吃越没滋味。但我父亲逆来顺受，从来没敢说一句怨言。

七十年代开始我读小学，很小就会给全家人做饭。好在那时蔬菜少、做饭也简单，日常吃的就是白面、玉米面、红薯面，还有一段时间是三合面，吃起来粗糙不堪，连蒸馒头都捏合不到一起。粮店供应的红薯，倒是能拉回一架子车。用红薯面轧成饸饹面、用玉米面烤制成薄饼（有一种简易轧饼机，各家轮流借用），那是粗粮细作、改善生活的一种方式。如果能切些蒜苗、弄些肉馅儿来炒一下饸饹，那就是难得的美味了。

记得放暑假时，我每天上午都是在菜市场度过的。那时要赶在早上六七点钟排队买菜，刚卸下来的蔬菜个头儿会大些、新鲜些，虽然不能挑拣，排队靠前总会运气好些。而贪睡来晚了的，要么空手而归，要么只能一毛钱、两毛钱买一些成堆的剩菜，等着回家挨大人的骂。

我做的饭，无非是煮些黄面糊糊，或者白面汤。但我是个生炉子高手，能用很少几根柴火点燃蜂窝煤。我还学会了擀面条和蒸馒头，甚至学会了蒸花卷馍，这是要把面擀成薄片卷起来，切成馒头，再扭成麻花状。这对于一个十岁左右的孩子来说，是个不易完成的操作，但谁让咱聪明呢。

记得那时经常停电（工人们常停产闹革命），每家都备有一两盏煤油灯。有一次，我哥哥从下乡的农场回城，看到我正点着煤油灯、站在小板凳上切咸菜。看到哥哥，马上请他一起吃饭。他看后一阵心酸、眼圈发湿，就让我不要再做了，带我去吃了一顿葛记焖饼（国营“老三记”之一）。这件事后来成了哥哥反复“忆苦思甜”、教育下一代的著名桥段。

那时，我们不知道美好生活是什么样子，只知道“世界上还有三分之二的受苦人”等着我们去解放。而我们除了想多吃点儿肉、炒菜多放点儿油之外，好像并没有更奢侈的想法。所以现在人们总结起来，总说六七十年代出生的人比较容易满足。我想这就是时代造就的，没办法。

了解这些，你就会知道，那些野菜团子对我们来说，真不是什么不能下咽的食物，所以才有了争吃“忆苦”菜团子的情景。

我与包子

一夜之间，庆丰包子“火”了。赴京公干者，必去庆丰包子铺点上一笼包子，一定要猪肉大葱馅儿的，外加炒肝儿和芥菜。那天逛某宝，发现竟有商家新开了速递庆丰包子业务。据说庆丰包子铺的加盟费也猛增至上百万元，那得卖多少包子才能挣回来？

俗话说，包子有肉不在褶上。但小时候，我们多么盼望包子的褶子上也能有肉。事实是不太可能，因为顶多包点儿油渣儿。那时想吃顿肉包子都是奢望，逢年过节还有点儿戏，平日里能用白菜、萝卜加上点炼猪油的油渣包成包子，已是至上美味了。于是家长们换着花样，包点儿红糖、白糖的糖包，还有红豆、绿豆的豆沙包，来改善那单调的膳食。外面卖的包子都是皮厚馅儿少，咬两口没见到馅儿，咬三口又咬过了，所以我对包子无甚好感。

中国人爱吃包子，与爱吃饺子一样，吃上一顿，主食、副食全有了，一举两得。晋人束皙在《饼赋》中说："三春之初，阴阳交际。寒气既消，温不至热。于时享宴，则曼头宜设。吴回司方，纯阳布畅。服絺饮水，随阴而凉。此时为饼，莫若薄壮。商风既厉，大火西移。鸟兽氄毛，树木疏枝。肴馔尚温，则起溲可施。玄冬猛寒，清晨之会。涕冻鼻中，霜成口外。充虚解战，汤饼为最。然皆用之有时，所适者便。苟错其次，则不能斯善。其可以通冬达夏，终岁常施。四时从用，无所不宜。唯牢丸乎？"可见面食历史悠久。那时的馒头名称如今还在用着，薄壮、起溲已早不知为何物，而那同样让人生疏的牢丸就是包子。

陆游《与村邻聚饮诗》诗云："蟹供牢九美，鱼煮脍残香。"自注："闻人懋德言，《饼赋》中所谓'牢九'，今包子也。""牢丸"何以讹成"牢九"？清人俞正燮在《癸巳存稿·牢丸》中考证："其言'丸'，去一点为'九'，今市语'九'为'未丸'，犹然。"

南宋时包子种类已经很多，《梦粱录》中记载杭州卖各色点心的"荤素从食店"就有水晶包儿、笋肉包儿、虾鱼包儿、江鱼包儿、蟹肉包儿、鹅鸭包儿、七宝包儿等等，种类之丰富不亚于当下，看得人不小心就想穿越回去。

而想知道民国时北平的包子怎样，恐怕得找唐鲁孙和梁实秋。唐鲁孙先生说，老北平煤市街致美斋的“葱肉门丁”最好吃，把包子皮擀匀，铺在多棱形木模子里，再把肥瘦肉丁加大葱的馅儿填上封口，磕出来再上笼屉蒸，吃起来特别腴润适口。西四牌楼还有一家小店叫会仙居，以做攒馅包子著名，以鸡鸭血、胡萝卜为主，外加豆腐粉条、黄花木耳、白菜胡椒等等，虽然素不见肉，吃起来却有蟹黄汤包的味道，再配上一碗炒肝儿，嘿，那绝了！而梁实秋印象最深的则是北平玉华台的汤包和天津狗不理的包子。

我对厚皮包子无甚好感，但对皮薄汤多的汤包倒印象不恶，那次到苏州还专门去得月楼吃过蟹黄汤包，但并没有传说中的惊艳感觉。看赵珩先生《老饕续笔》，才知道江南最好吃的蟹黄汤包不在苏州，而在江苏靖江市教育局职工食堂。这家食堂“雅座大堂无欺”，每年只在大闸蟹旺季的中秋至孟冬卖三个月，螃蟹由厨娘现剥，每天仅售七十笼，那真是“提之如囊，垂而不坠，启齿开窗，汤似涌浪”。以赵先生的吃遍大江南北的博闻和品位，我相信此言不虚。

前年“五一”节，我和几位朋友慕名去开封吃第一楼包子，店门口车辆拥挤、人头攒动，里面到处找不到位置。有位服务员拉我们上楼，申明是高价包桌，无奈只有入彀。在走廊里摆张桌子，为吃包子只有先点上一桌菜。最后上来几笼半凉的包子，皮硬味乏，吃了几个品种也不知有何区别。后来听当地朋友说，第一楼是专门对付外地人的，本地人都是吃黄家包子。有机会又去吃了一顿黄家包子，特色、味道、卫生无一满意，从此断了吃开封包子的念想。

人是水养的

蛰伏二十年的小说家马原出了本长篇小说《牛鬼蛇神》，给他写序的叫龙占川。这位龙先生在他的序里写了这么一件事：

龙的父亲二〇一一年被诊断出晚期胃癌，医院的治疗方案当然是手术、化疗加放疗。这时马原找到他，说不能这样治，这种疗法是跟天作对，因为药物和放疗是对好坏细胞通杀，人体是天养的，包括肿瘤细胞。马原的主意是让龙把他父亲交给他，让他带到海南或者其他有好水的地方，说好水不仅可以养生还可以救命，承诺三年内把健康的父亲送回来。

有病不治，这不是要陷子女于不仁不孝之地？龙家哥儿几个一商量，不能按马原的法子办。于是一番进口高昂药物的紧急化疗，几个月后，医生宣布不治。还真应了马原的说法，癌细胞没杀死，好细胞却遭到重创。

二〇〇八年，马原也曾被诊断出肺部肿瘤，正当医院准备进一步治疗时，马原夺路而逃。他的理论是，肿瘤与身体相依附，你不和它过不去，它也就与你相安无事；如果你动它，它就与你一损俱损。接着马原跟着太太去了她的老家海南，每天都喝着天然洁净的好水，骑着自行车锻炼。四年过去了，好水救了马原，他不仅健健康康地活着，还写了这本长篇小说。

这其实与十多年前我读过的柯云路著作《新疾病学》的说法暗合：你愤怒时，你的所有细胞都在愤怒；你生病时，你的所有细胞也都在生病。因此，保持心情的平静愉悦是免于生病及治病的内因及关键。

而水不过是外因，但外因会通过内因起作用。中国人自来就重视水，老子说“上善若水”，这里面固然有形而上的意义，但最朴素的含义还是对水的歌颂。唐人陆羽在《茶经》中说：“其水，用山水上，江水中，井水下。”明人顾元庆进一步解释说：“山水乳泉漫流者为上，……江水取去人远者，井水取汲多者。”为什么古人那么看重山泉呢？高濂在《遵生八笺》中道出了其中的原因：“石，山骨也；流，水行也。山宣气以产万物，气宣则脉长，故曰山水上。泉非石出者必不佳。泉不流者，食之有害。”他接着说，“吾杭之水，山泉以虎跑为最”。但现在杭州虎跑天天人满为患，恐怕早就没了往日的清洌。我想，马原之所以跟着太太去了海南，就是因为那里的山泉水人迹罕至吧。

《红楼梦》中说女儿是水做的，曹雪芹把水看得更为高洁。第四十一回“栊翠庵茶品梅花雪”中，妙玉在栊翠庵给宝玉、黛玉泡了两杯茶，黛玉猜肯定是“旧年的雨水”，而妙玉嘲笑她是个“大俗人”，这是埋在瓮中的“梅花上的雪水”，陈年雨水那样轻浮如何吃得？正合着李虚己的《建茶呈学士》诗句：“试将梁苑雪，煎动建溪茶。”其实，按照陆羽的理论，这埋在土里的“死水”未必是好水。

明人张宗子（张岱）记载与茶道名家闵汶水的交往，闵对水的要求极高。二人相见泡茶用的是惠泉，张宗子有些不信：“惠泉距这里有千里之遥，难道水能不受震荡而保持甘美醇厚吗？”闵回答说：“实不相瞒，我家取惠水，必定淘干井水，等待夜深人静时新泉汩汩流来，马上盛满大瓮，瓮底放上晶莹山石。待有风时驾船而行，水不会晃荡而变熟。即使寻常惠水也比我这要逊色，更别说其他水了。”

这种对水的讲究其实所来有自，被称为“元四家”的倪云林有些洁癖，一次与朋友谈论诗文，泡茶待客，命仆人到七宝泉担水，交代“前面那桶水用来泡茶，后面那桶水拿去洗脚”。朋友不解，追问原因，倪云林说后面那桶水，肯定会被仆人的屁所污染，所以只好拿去洗脚啦。

看来，对好水的追求，已经融入中国人的骨子里了，所以某品牌矿泉水打出的广告词是“我们不生产水，我们只是大自然的搬运工”。惜乎现在不被污染的水很难见到了，能找到好水那真是救命，终老至此也认了。

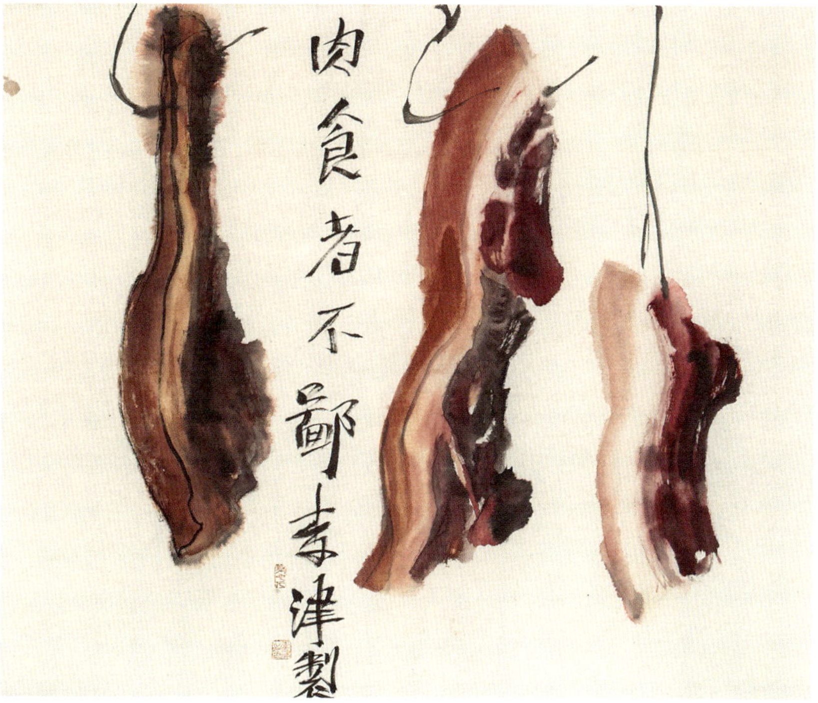
肉食者不鄙
李津製

留作次日吃者须留原汤
待次日将火肉投入汤中
滚热才好若干放
离汤则风燥而肉枯
用白水则又味淡
烧
小猪一个六七斤重者
钳毛去秽叉上炭火
炙之要四面齐到时以深黄
色为度皮上慢慢以奶酥油涂之屡涂屡炙食时
酥为上脆次之硬斯下矣旗人有单用酒秋
油蒸者亦惟吾家龙文弟颇得
其法
烧猪肉凡烧猪肉须耐
性先炙里面肉使油膏走入皮
内则皮松脆而味不走若先炙皮
则肉中之油尽落火上皮既焦
硬味亦不佳烧小猪亦然
排骨取
勒条排骨精肥各半者抽去当中直骨以葱

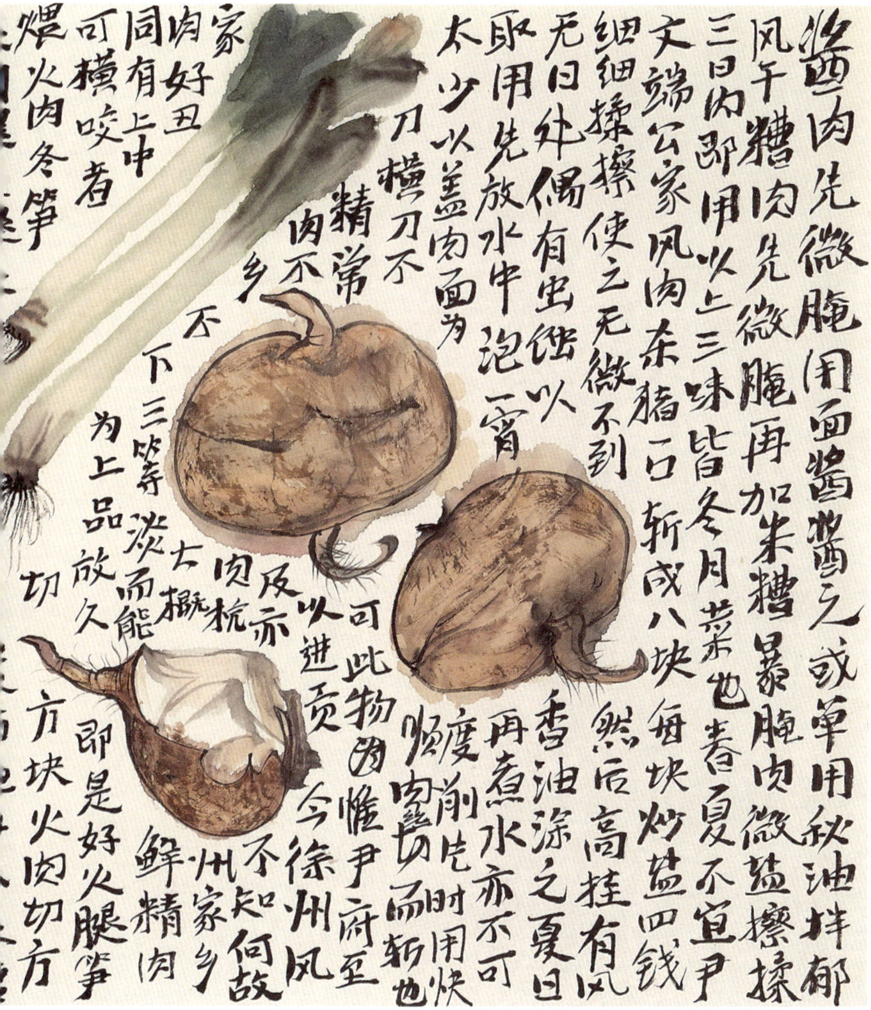

酱肉先微腌用面酱酱之或单用秋油拌郁风干
糟肉先微腌再加米糟
暴腌肉微盐擦揉三日内即用以上三味皆冬月菜也春夏不宜
尹文端公家风肉杀猪一口斩成八块每块炒盐四钱细细揉擦使之无微不到然后高挂有风无日处偶有虫蚀以香油涂之夏日取用先放水中泡一宵再煮水亦不可太少以盖肉面为度削片时用快刀横切不可顺肉丝而斩也此物惟尹府至精常以进贡今徐州风肉不及亦不知何故
家乡肉杭州家乡肉好丑不同有上中下三等大概淡而能鲜精肉可横咬者为上品放久即是好火腿
笋煨火肉冬笋切方块火肉切方

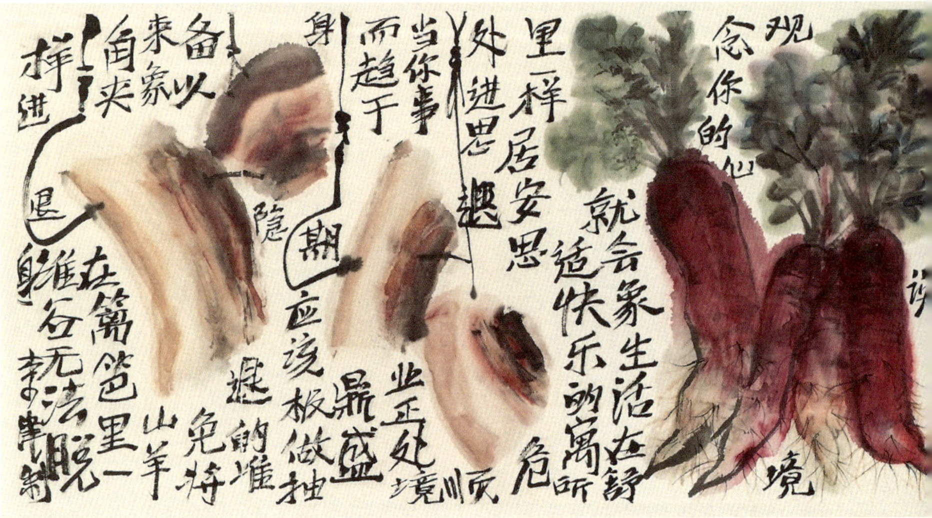

观念你的心境
就会象生活在舒适快乐的窝所里一样居安思危
处进思退
当你事业正处顺境而趋于鼎盛期应该板做抽退的准备以免将来象山羊一样角夹在篱笆里进退维谷无法脱身
隐
李津制

对夏季的炎热
毫无必要去
消
除
只要解除你
的烦躁不安的情
绪你的身体就
犹如坐
在凉亭中一
样凉爽自
在对
贫
穷也不必在意

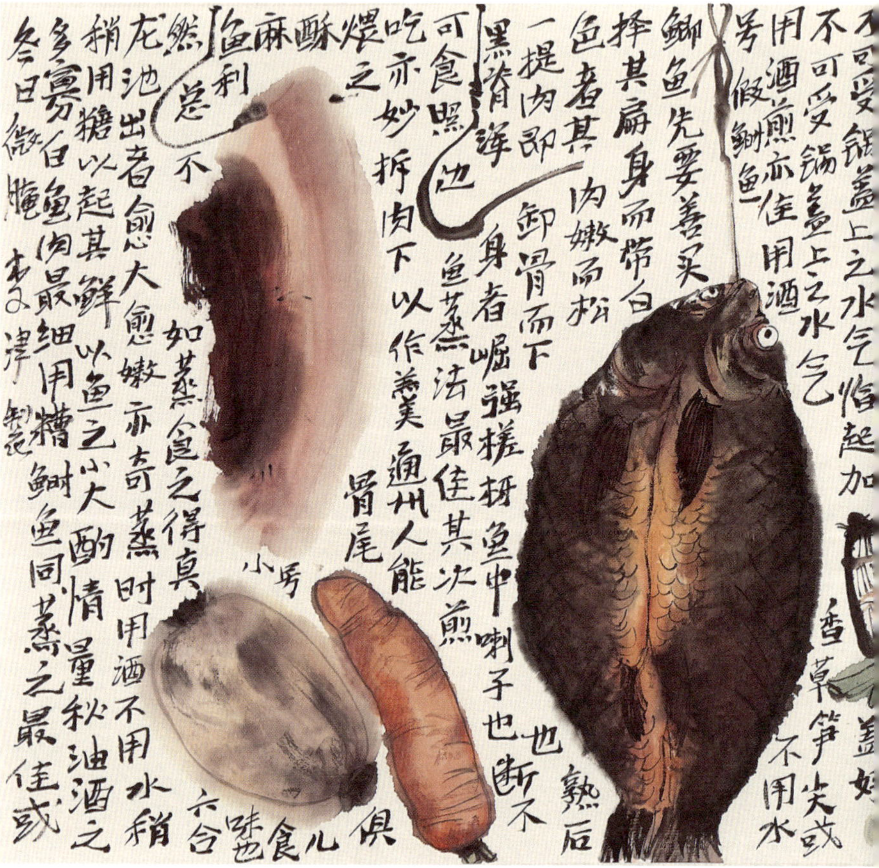

不可受鍋蓋上之水气恰起加
用酒煎亦佳用酒
号假鲫鱼
鲫鱼先要善买
择其扁身而带白
色者其肉嫩而松
一提肉即卸骨而下
熟后
黑脊浑身者崛强槎枒鱼中喇子也断不
可食照边鱼蒸法最佳其次煎
吃亦妙拆肉下以作羹美通州人能
煨之骨尾俱
酥麻
鱼利
小号
儿食也
然总不
如蒸食之得真味
六合
龙池出者愈大愈嫩亦奇蒸时用酒不用水稍
稍用糖以起其鲜以鱼之小大酌情量秋油酒之
多寡白鱼肉最细用糟鲥鱼同蒸之最佳或
冬日微腌
李文津制記
香蕈笋尖或不用水

云林鹅倪云林集中载制鹅法整套鹅只洗净
后用盐三钱擦其腹内塞葱一帚填实其中外将
蜜拌酒通身满涂之锅中一大碗酒一大碗水蒸之
用竹箸架之不使鹅身近水灶内用山茅二束缓
缓烧尽为度俟锅盖冷后揭开锅盖将鹅翻身
仍将锅盖封好蒸
之再有茅柴一
束烧尽为度
柴
俟其自
尽不可挑
拨
用锅盖
绵纸糊封
逼燥裂缝以水润之
汤亦鲜美起锅时不但鹅烂如泥
美以此法制鸭味美亦同每
茅柴一束重二斤八两擦盐时串入葱椒末子以酒
和匀云林集中载食品甚多只此一法试之颇效
余俱附会水族有鳞单鱼皆去
单鱼皆去鳞惟鲥鱼不去
我道有鳞而鱼形始全作水
族有鳞单

秋收圖
李津製

饮酒的境界

我不善饮，却喜欢饮酒的境界。尤其是微醺时，神思缥缈，话如泉涌，快感与灵感双至，酒液和唾液齐飞，真乃人生一快也。

对于酒，我是有嗜无量，白酒是二两的水平，啤酒则有过两个人共饮一瓶而相扶而出的纪录。因为量小（非君子也），酒桌上常常没有我的影子，免得我乏味，人亦觉得我乏味也。偶尔几次不得已而上桌，无量加之不会猜拳行令，别人猜枚，我均以“老虎杠子”应之，喝酒时兼以动作大、下酒少的虚应故事，不久即被识破而被逐出酒桌，跻身独饮的行列。

不善饮，来往交际多有不便。吾友张戈，为苦练酒量，买来中药“千杯不醉”，精心调配加以浅酌慢饮，每日不辍，无奈效果甚微。吾友海峰，借力打力，练得一手酒桌魔术绝技，每每中英文合璧，口中念念有词，动辄用一张壹元纸币变出一张拾元大钞，把硬币“穿越”进玻璃杯，一副扑克随意抽出一张便能猜出梅花方块各几等等，惊爆全桌，不仅免喝罚酒，而欲揭开谜底，对方往往还得多喝几杯，遂成为酒场利器。在酒桌上收几个徒弟，还当场有人代为喝酒，更是妙处无边。

我无此招儿，只能独饮。洛夫先生曾说“对饮是艺术，独饮则是哲学”，我深以为是。把盏在手，佐以小菜，边饮边作漫无边际的思考与遐想，或手中一本妙书，配以肖邦钢琴曲为背景音乐，兴致高时连饮数口，觉寡味时偶作长歇，主动权全操于我手，无他人左右要挟、连灌带劝，其乐何如！

独饮也有超量的时候。一日，心中闷闷，取杯倒入啤酒，边看电视边饮，谁知竟渐入无人之境，放下杯子，倒头进入黑甜乡，一觉醒来，已是天光大亮。看一眼地上，才知是喝掉了两瓶。这是我目前的最高量。

这次超量竟给我提供了一个催眠秘方：劳累时或失眠后，一瓶啤酒进肚，准保你睡得又香又甜，一夜无梦。尤其是夏天，啤酒清凉适口，既能解乏，又可助眠，真成了我的枕边宝物。

比较起各种酒类，我更喜欢的是啤酒和葡萄酒。每晚佐以葡萄酒，既风雅又能软化血管，好处多多，惜乎我至今尚未培养成习惯。一位朋友，原来每日必以生鸡蛋一只与啤酒混饮，谓之“养生酒”，并向我推荐。我尝过几口，既腥又黏，品不出什么滋味。后来，流行起禽流感，生鸡蛋是断断不能碰了，他的养生酒就此梦断。

南风北渐，本地酒风已大大改良，“踹酒”恶习渐少。每人根据自己的酒量，能喝者多饮几杯，量少者浅酌慢饮，多少随意，让我有了重回酒桌的勇气。同事胡杨，对白酒颇有研究，窖香酱香浓香清香说起来如数家珍。一次，一朋友拿来一瓶二十年珍藏茅台，他打开一品，即知是真品，马上自罚三杯。随后，他又开始转圈敬酒，喝两杯敬一杯，一圈下来，自己就喝掉半瓶。我明白，这才是真正的“酒神”，他们碰到好酒，是不醉不归的。

豪饮和慢酌，各人喜好不一，但都是一种境界。当然，我更喜欢的饮酒境界还是微醺时。这里用“境界”二字，有些玄，按王国维的解释，“有境界，则自成高格”。而饮酒的境界，大约就是以各人觉得妙为上品吧。不过，已经好久没有微醺了，且待我慢慢品去。

爱生活，爱猪蹄

一日，女儿放学，捎回几只炖好的猪蹄，我打趣道：“你一个小女生，躲在家里偷偷吃猪蹄，传出去不怕影响你的淑女形象？”女儿回答：“爱生活，爱猪蹄嘛！”

女儿生来爱吃肉，两天没肉就吵吵着要吃，才中学生个头儿就噌噌地长到了一米七三，超过了两家所有女性成员的个头儿，看来跟营养关系极大。而猪蹄富含胶原蛋白，不仅有营养，还能美容，孩子喜欢，就任她吃吧。

想想我们小时候，猪蹄、猪尾巴都是有特殊功用的食品，想吃还吃不上呢。那时候猪肉凭票供应，哪来那么多猪蹄啊？猪蹄能催奶，是产妇专用；猪尾巴能治小孩流口水，谁家小孩子若是流涎不止，四处找猪尾巴也不一定找得到呢。

那时的人家，缺盐少醋，双职工家长上班天天学文件，哪有什么工夫和心情烹饪？所以，平时杀只鸡，鸡头、鸡爪子都不会做，顺手丢到了垃圾堆里，哪像现在鸡头、鸡爪子卖得比鸡肉还贵。

父亲告诉我，动物最好吃的地方是"飞、叫、跳"，就是翅膀、头和爪子（蹄子），因为那些地方最爱动，是活肉，所以好吃。鸡爪是这样，猪蹄、熊掌亦如此。鸡爪子上肉不多，筋倒不少，美称是"凤爪"，是一道久盛不衰的凉菜。老饕们最热衷的不是吃多少肉，而重点在"啃"的过程，一个蹄筋、一条骨缝都不放过，细细地"遛"上几遍，乐趣常在。对酒徒来说，一只凤爪就能喝掉半瓶白酒。

鹅掌因为厚实，烹煮后发涨开来，更加肥美，所以比凤爪还有吃头。历史上曾经有人为吃"鹅掌炙"，竟用铁笼子圈鹅于其内，置于铁板之上，下面生火，笼外置以酱油、香醋、盐等调制成的五味汁；鹅遇热则不停奔跑，渴则饮五味汁，火炙痛即回，最后滋味尽入、表里皆熟，鹅掌胀大数倍。这种丧失人性的吃法是武则天的面首张易之、张昌宗所为，见于唐代笔记《朝野佥载》。

南方人最爱吃猪蹄髈，那是连着猪蹄的前肘子，特点是皮厚、筋多、胶质多、瘦肉多，带皮烹制，皮糯而有韧劲儿，肉酥而不柴，吃起来最为过瘾。蹄髈可清炖，可红焖，可酱烧，也可用冰糖炖。最妙的是与刚上市的春笋、腌肉一起炖，一点儿盐都不用放，直炖到汤汁浓白、香味醇厚，连汤带肉能让你吃得心花怒放。

说到蹄，不能不说熊掌。黑熊那是保护动物，熊掌咱们更没见过，吃熊掌那都是老辈人的营生。我看唐鲁孙记述他十二三岁时吃过一次熊掌，是因为清史馆的协修袁金铠忽然两脚僵直，逊清太医院的御医认为炖点儿熊掌吃可以舒筋通络。这是典型的"吃脚补脚"的思路。清史馆馆长赵尔巽从同道中借出熊掌，由一位民间久无用武之地的老厨师掌勺，熊掌炖好后腴润肥腯，吃到嘴里很像是特厚极品的鱼唇。吃完熊掌后，要立即用热毛巾擦嘴，不然嘴就胶着张不开了。这跟梁实秋描述的差不多，他吃的是堂倌从别人的宴席中"偷"的一小块儿，"熊掌吃在嘴里，像是一块肉，像是寿司，又像是鱼唇，又软又黏又烂又腻。高汤煨炖，味自不恶，但在触觉方面并不感觉愉快，不但不愉快，而且好像难以下咽"。

其实熊掌也没什么好吃，不过一直名列"八珍"，名气大点儿罢了。后来的酒家多用骆驼蹄、牛筋来冒充熊掌。褚人获《坚瓠集》中有明朝两位要员吕震与解缙，在值守时相互打趣，吕震拿个象蹄髈来冒充熊掌，解缙一阵大嚼，竟没吃出异样来。其时，科举制艺有题目为"熊掌亦我所欲也"，某举子在文中大谈："朝而饔，朝此熊掌也；夕而飧，夕此熊掌也。"朝也吃、晚也享，他还真拿熊掌当开胃小菜了。

在庙里吃斋

农历大雪的前一天,朋友们要到开封大相国寺去撞钟祈福,我也混迹其中，想在庙里吃一顿斋饭。

跟一般寺院多身处深山老林不同，大相国寺就在开封闹市区，自唐代起就享有尊位，宋代更是把它尊为皇家第一寺院，可能是方便皇家朝拜吧。

孟元老《东京梦华录》中多处记载相国寺，如:“相国寺，每月五次开放，万姓交易。大三门上皆是飞禽猫犬之类，珍禽奇兽，无所不有。第二、三门皆动用什物，庭中设彩幕、露屋、义铺，卖蒲合、簟席、屏帏、洗漱、鞍辔、弓剑、时果、腊脯之类。近佛殿，孟家道院王道人蜜煎、赵文秀笔及潘谷墨，占定两廊，皆诸寺师姑卖绣作、领抹、花朵、珠翠、头面、生色销金花样幞头、帽子、特髻冠子、绦线之类。殿后资圣门前，皆书籍、玩好、图画，及诸路散任官员土物、香药之类。后廊皆日者、货术、传神之类。”煞是热闹，整个儿一集贸市场，显示了皇家寺院的亲民性。每到正月十六，王公贵族车马辚辚，相约游大相国寺成为盛景，两廊对联“天碧银河欲下来，月华如水照楼台”，更描绘了灯会的繁华旖旎。

大相国寺的梵乐演奏很悦耳，据说属国家级非物质文化遗产。活动结束，一行人随心广大和尚走进斋堂，看到身着黄色袈裟的众和尚已依次相坐，每人面前反扣着两只饭碗、一双筷子、一幅毛巾。

我们一行落座后，开始有和尚端着饭盆分发饭菜。原想着和尚肯定吃得比较寒素，顶多两盆菜，邻座的何兄先盛了半碗菜，受他的影响，我也盛了半碗。谁知，依序为我们上菜的，竟有六七盆之多。是和尚的饮食本来就如此丰盛呢，还是为我们准备的品种多于平时，不得而知。因为我想每样都尝一点儿，所以碗里早就堆得高高的，里面多为大烩菜，有白菜、芹菜、萝卜、茄子、粉条、豆腐干、豆腐渣等，还有一碗紫菜汤，主食有馒头和大米饭。“还有火腿肠！”眼尖的人看出了那红红的东西，一尝，原来也是豆制品。僧人当然不能吃火腿肠，但用豆腐做成火腿肠状，未免也是一种意淫。

有些心急的香客已开始品尝素斋。这时有和尚让大家肃静，心广大和尚端坐正中，讲了一番人生感悟，记得是什么“饭是药”啊，“福报”“托生”之类，类似基督教的饭前祷告，其后是众和尚齐声诵经，然后才开始吃斋。和尚们食不言，香客们倒是嘈嘈切切。

说实在的，这连菜带汤还有米饭冒尖儿的两碗，想吃完真不易。不过饭菜味道还不错。在品味和赶任务的双重压力下，尽量不浪费粮食，我勉力把两碗饭菜吃得干干净净。而那只咬了两口的馒头，只能拿两张餐巾纸包起来带回家了。

这顿斋饭的油水还是比较大的，刷碗时我都一直感觉双手黏糊糊的。怪不得好多和尚吃得白胖，全没有民国时弘一法师那种面目清癯、青灯清修的模样。也许，是现在生活水平都大有提高，寺院的香火也日益旺盛，没有想象的那么清苦了吧。

吃完斋饭，稍有体悟。佛家讲究戒贪、戒痴、戒嗔，俗语云“贪多嚼不烂”，我们对食物有些过分贪婪了。如何做到对你企望的东西适可而止，这亦是一种修炼。日常浏览过一些佛家典籍，对佛理、清修有一些了解，但对佛家斋饭，过去只知道“戒除荤腥”这一点，此番体验，使我又有了切近的感受。

回到家中，翻阅日本留学僧圆仁所写的《入唐求法巡礼行记》。唐开成三年（八三八），圆仁和尚随日本遣唐使来大唐求法取经，一待就是九年半，他在书里详细记录了一千一百年前唐代僧众吃斋的礼仪：

（十一月）廿四日，堂头设斋，众僧六十有余。幻法师作斋难久食仪式也。众僧共入堂里，次第列坐，有人行水，施主僧等于堂前立，众僧之中有一僧打槌，更有一僧作梵，梵呗云："云何于此经，究竟到彼岸，愿佛开微密，广为众生说。"音韵绝妙。……读斋文了，唱念释迦牟尼佛。大众同音称佛名毕，次即唱礼，与本国道为天龙八部、诸善神王等呗一般。乍立唱礼，俱登床坐也。读斋文僧并监寺、纲维及施主僧等十余人，出食堂至库头斋。自外僧、沙弥咸食堂斋。亦于库头，别为南岳、天台等和尚备储供养。众僧斋时，有库司僧二人办备诸事。唐国之风，每设斋时，饭食之外，别留料钱。当斋将竟，随钱多少，僧众僧数，等分与僧。但赠作斋文人，别增钱数。若于众僧各与卅文，作斋文者与四百文，并呼道"傣钱"，计与本国道"布施"一般。斋后，同于一处漱口，归房。

比一比，跟现今的斋仪是否大致相仿？只是古时的礼节更周全、典仪更丰富而已。

对了，吃完斋，可别忘往门口的箱子里施以供奉哦。

冬至的味道

等了整整一年，终于闻到了冬至的味道。

那年冬至，我在豆瓣上看到一篇《到苏州买酒》，作者写自己从上海到苏州买桂花冬酿酒，只因是冬至后一天，卖酒阿姨一句“卖完了，明年再来”，使他顿时心情哇凉。这年头儿，什么好酒，竟还这么紧俏？市场经济还有什么酒需要等上一年？

查阅资料，知道苏州有“冬至大如年”的遗俗，称“冬至不喝冬酿酒是要冻一夜的”。冬酿酒历史悠久，苏州人顾禄（约一七九六～一八四三）所著《清嘉录》专记苏州民俗：“乡田人家以草药酿酒，谓之‘冬酿酒’，有‘秋露白’‘杜茅柴’‘靠壁清’‘竹叶清’诸名。十月造者，名‘十月白’。以白面造曲，用泉水浸白米酿成者，名‘三白酒’。其酿而未煮，旋即可饮者，名‘生泔酒’。蔡云《吴歈》云：‘冬酿名高十月白，请看柴帚挂当檐。一时佐酒论风味，不爱团脐只爱尖。’案，崔寔《四民月令》：‘十月上辛，命典馈清曲，酿冬酒，供腊祀。’《内则》有稻醴、黍醴、粱醴。《左传·哀十一年》：‘进稻醴。’《释文》云：‘以稻米为醴酒。’桂未谷《札朴》云：‘糯米为甜酒，俗呼白酒，即稻醴也。’长、元、吴《志》皆云：‘以草药酿成，置壁间月余，色清香冽，谓之靠壁清，亦名竹叶清，又名秋露白，乡间人谓之杜茅柴。以十月酿成者尤佳，谓之十月白。’沈朝初《忆江南》词注云：‘苏城俱于腊底酿酒，四月中窨清，色味俱佳。’又有‘酒娘新搭杜茅柴’之句。”

这种桂花冬酿酒算是民俗产品，说它稀有，就在于一年只酿造一次，且只在冬至前一周上市，若想再喝只能等下一年。它的成分是糯米、桂花、栀子、水，酿成后酒体金黄，让人未喝先醉。

去年秋分时节，桂花盛开正旺，到处香风阵阵，使人闻之欲醉，我与同事收集了不少桂花。那些桂花树不高，桂花一嘟噜一串的，分外妖娆，轻轻一摇就落下一片。我用新鲜桂花加些绿茶、蜂蜜冲泡，一杯自制花草茶就能饮用了，香喷喷、甜丝丝的。

桂花大丰收，给冬酿酒提高产量创造了良好条件。老牌酒厂都加大了桂花的采购力度，那整桶整桶的小白花朵经过晾晒，色泽金黄，看着就让人欣喜。冬酿酒原来的保质期只有三十天，经研制出“新法冬酿酒”，把压榨后的冬酿酒放在零摄氏度以下储存三到四天，让杂质沉淀后再过滤，使得酵母菌减少，灌装后保存期能延长到六个月。但我觉得，冬酿酒的稀缺性，就在于一年一度的冬至那天才能喝到，就在于这种仪式感，因此等待一年是值得的。

我早早到网店中寻找，发现有多家销售冬酿酒的，价格不一。偶然跟过去的同事魏小姐联系上，她说自己目前就在苏州工作，正在研发“魏小姐的汤”。巧了，我把冬酿酒的资料发给她，她看后难掩兴奋，跟她的产品太搭了！哈，无意插柳，那就等着喝今年的桂花冬酿酒啦。

时间过得真慢，十月、十一月、十二月，一步一步，终于挪到了十二月九日第一批冬酿酒出厂。魏小姐拿到货，第一时间就发给我。等了一年，终于见到了朝思夜盼的冬酿酒。

我先把整瓶酒放进冰箱，冰上一冰，数小时后打开，再斟入酒杯：哇，金黄色的酒液流出，注入纯白的杯子，细碎的桂花瓣上下漂浮，首先是视觉的享受；酒液与空气接触后，一缕微香飘出，先进入鼻腔，再进入神经，让人略略眩晕；端起酒杯，丝丝香气已将自己围绕，有“鱼戏莲叶东，鱼戏莲叶西”之感；

舌尖触到酒液，先是一凉，接着一种清洌拍马赶到，继而是甜甜的糯米味加上桂花的清香袭入味蕾，其后是绵长的回味……

不知不觉，就喝下了半瓶。酒精度只有三度的桂花冬酿酒，对酒鬼们而言当然不算什么，在苏州这是男女老少都能饮用的。只有喝了冬酿酒，这个冬至才是完美的。

有了冬酿酒的滋润，我的整个十二月都充溢着满满的甜蜜，我想我会把这种甜蜜和缘分延续下去的。久居北方，冬至除了大雪，是没有味道的。我庆幸，从此，冬至不仅有了形象，也有了标志性味道，那就是——桂花冬酿酒的味道。

偷菜谱

吾友阿猫，擅长品牌塑造、营销策划，担任过几家知名餐饮集团的顾问。前些年经济发展迅猛，请客吃饭需求旺盛，餐饮业也随之狂飙突进。阿猫告诉我，那时饭店的特点一是装修追求档次，二是菜品推陈出新，三是服务贴身周到。只要做到这三点，便可无往而不胜。其中，菜品好是关键，新菜品不断花样翻新才能吸引各色老饕。所以，为研制新菜品，他便随餐饮老板一起频频“偷艺”，说得直白些，就是“偷菜谱”。

彼时餐饮引领潮流的首推粤菜。粤菜品种多、价位高，因而，餐饮业发达的广州、深圳、潮汕遂成为众多饭店“偷艺”的主要目标。与阿猫一起同行的“标配”是饭店老板、行政总厨。你说这是为何？老板重点在于决策，决定学哪种、偷哪样；行政总厨的作用是吃一口就能判断主料配料若何、烹饪手段哪般。

南方饭店的菜谱大都印制精美、图文并茂。你别小看这一本菜谱，光印制费用每本都要百十来块。那时的手机尚未有照相功能，所以只能惊鸿一瞥，要细细研究就只有“下手”。头一两年，“偷菜谱”还没蔚然成风，尚能频频得手。此后，全国餐饮界都到广东取经，“偷”风渐盛，饭店不胜其扰，防范也日加严密。

一次，阿猫他们在深圳的一家餐馆点完菜，趁服务生不注意，就往包里塞菜谱。无奈那菜谱设计得过于宽大，包里装不下。恰在此时，服务生看到了，连忙“提醒”：“先生，我们这儿的菜谱只能在这里看！”得，露馅儿了，只能乖乖把菜谱还回去。

阿猫吸取教训，在藏菜谱这一环节突出一个“快”字。某次，他们点完菜，服务生正安排上菜，阿猫以迅雷不及掩耳之势，直接就把菜谱夹在同行老板脱下的西装中。服务生转身找不到菜谱，自然着急，忙问客人见到没有。阿猫跟人打起马虎眼，说其他服务生拿走了。不一会儿，这服务生转回，说其他人都没拿。他苦苦哀求，说丢失菜谱服务生是要赔偿的，一个月丢几次菜谱，这个月就白干了。其实服务生知道，这是遇到同行了。看他言辞恳切，阿猫他们心中“不忍”，只能说吃过饭帮他找找。他悄悄把菜谱从西装中拿出放在椅子下，叫来服务生，“这不掉地上了”。然后双方心照不宣。

也有的时候，原本只是想偷本菜谱，谁料想最后连后厨师傅、前台领班都一道高薪挖走了，那算是高奏凯歌还。

此后几年，手机照相功能发达了，看中哪款菜，拍下即可，就用不着这么兴师动众地“偷菜谱”了。菜品无法保密，饭店之间拼的只有服务了。

回忆那几年，真是餐饮业的好时光，店家愿意投入，食客愿意买单，两者水涨船高。想起来真是恍如隔世。哪像这两年，任你怎样花样翻新，都是一样地门可罗雀。那些老板叹曰：好日子过去了。于是纷纷关门不提。

邂逅“秃黄油”

我最早知道“秃黄油”,源于沈宏非联合丰收蟹庄开卖的“秃黄油”。

“黄油”而“秃”，听起来名字好不惹眼，甚至有些土气。仔细了解，才发觉这个东西确非寻常菜肴可比：它全用雄蟹的蟹膏、雌蟹的蟹黄，以鹅油滑炒成酱，略加黄酒和高汤，使卤浓汁多，焖透后再淋以猪油并撒胡椒粉而成。

这个“秃”字,用苏州话讲,含有“纯粹”“独有”的意思；“黄”，用以概括蟹黄蟹膏；“油”乃是猪油，也是操作的关键，它一能起到把蟹香推到极致的作用，二能隔绝空气为蟹黄蟹膏起到保鲜之用。

据说做一瓶“秃黄油”，就得耗费几十只螃蟹，一一拆解，细细加工。这卖的不仅是料钱，更重要的是功夫钱。一瓶“秃黄油”，里面的蟹黄蟹膏，不能掺杂一丝蟹肉；两瓶“干贝蟹肉”，全是剔出的蟹肉，再加以优质干贝和少许红椒丝。二者完美搭配，卖出近八百元的高价。

我查了一下，某宝上也有卖“秃黄油”的，价低者一百多元，你想那会全是蟹黄蟹膏吗？这东西是奢侈品，吃的就是个货真价实，吃一次就记它一辈子。既想过把瘾，又舍不得掏银子，那只能是自己蒙自己。

我最后也是咬咬牙狠狠心，才舍得掏出银子，不能错过这人间之至味。每次吃时，我都不舍得往米饭里放太多，只有量少，才能细细品味，才能多品味几次。盛上一勺“秃黄油”，拌上刚蒸好的香米饭，金黄的蟹黄蟹膏包裹着米粒，吃起来软糯鲜香，带有微微的绵砂感，我觉得把它定位为“歇斯底里、丧心病狂”简直太准确了。尤其在冬日飘雪之际，万物凋零，享用着蟹黄蟹膏，闭上眼睛细细咀嚼、回味，确有深夜“报复”社会的快感。

你道是这等“灭绝人性”的食物从何而来？据说出自苏州的青楼。恩客们大把银子花销在这里，小姐们便使出浑身解数来讨好恩客。“恩客啊，倷来这里寻开心，我真的好想巴结倷，我把大闸蟹拆一拆喂给倷吃哉，我啥辰光都会对倷好啊啊啊！”

这种场面，如今只出现在电影画面中，但独独不见“秃黄油”。因为青楼毕竟是个隐秘场所，像潘绥铭教授那样拿个小本子去问这问那的只会讨人嫌，或者让人一顿棒打轰将出去，谁还会专门记录青楼菜肴？只能是口口相授，在小范围内流传，文人墨客行诸文字的几乎没有。

《山家清供》是南宋最有特色的私家菜谱，也是我最喜爱的文辞清丽的美食小品，给今世做私家菜者以很多启发，也给有追求的厨师带来诸多灵感。苏州当下流行的“菊花饭”和“蟹酿橙”就源自这里，但这与“秃黄油”还相距甚远，无法移植。

晚明小说《金瓶梅词话》我很熟悉，里面记录筵席菜肴最为丰富，为明清小说中的翘楚，连西门庆去李桂姐家吃花酒的各种小费如拉琴唱曲的赏多少、沏茶倒水的赏多少、后厨杂役赏多少都记载得极为详细，唯独对青楼菜一笔带过。只有常峙节婆娘做的“酿螃蟹”庶几近之，“四十个大螃蟹，都是剔剥净了的，里边酿着肉，外用椒料、姜蒜米儿、团粉裹就，香油炸、酱油醋造过，香喷喷，酥脆好食”，似乎有点儿“秃黄油”的影子。

晚清狭邪小说《风月梦》《九尾龟》《青楼梦》，对青楼饮食只是几只冷碟、几个热碗、对饮代喝的描写，缺少具体菜肴的记录。连张爱玲最推崇的《海上花列传》，描写上海开埠不久的长三堂子生活，那时正处在贸易上升期，各色官宦、大小老板出入其间，书寓中多为苏州妓女，吴侬软语，恩客们一掷千金，毫不吝惜。书寓里摆花酒，第一道菜照例是“鱼翅”，鱼翅过后方是小碗。小姐们半晌睡起，多让周边饭馆送碗“虾仁炒面”，也丝毫不见“秃黄油”的身影。

金庸先生武侠小说《鹿鼎记》中的主人公韦小宝，康熙年间出身自扬州青楼云集的丽春院，从小吃惯了嫖客们的残羹冷炙，但他也没吃过“秃黄油”。传为扬州盐商童岳荐府上食规的《调鼎集》，里面详细记录了螃蟹做法五十二种，经常出入盐商筵宴的袁枚在其《随园食单》中记有蟹粉、蟹羹的做法，却没有“秃黄油”的踪影。

翻阅王稼句《姑苏食话》，在苏州稍讲究一些的，无非是“船菜”，既可坐花船冶游，又可赏船娘艳色。“朝顿八大盆、四小碗、四样粉点、四样面点、两道各客点，酒用花雕，尽客畅饮；夜顿十二盆、六小碗、两道各客点”（叶圣陶语）。阳澄湖大闸蟹名气最大，苏州人吃蟹用的“蟹八件”与“芙蓉蟹斗”一样有名，而“秃黄油”竟然声名不彰。

可明明“秃黄油”出自苏州青楼啊。

找来找去，我只在周劭先生的《黄昏小品》中找到唯一一处“秃黄油”痕迹。那是一篇历数民国苏州饮食的《令人难忘的苏菜》，说当年在大闸蟹当令之时，他在松鹤楼吃过一道名为“蟹黄油”的名菜，全用雄蟹的膏油制成，一菜所需不知多少只雄蟹，而从未在其他菜馆见到过。这“蟹黄油”，不正是“秃黄油”的又一个名字吗？

一九四九年之后，这个逆天的“秃黄油”消失得无影无踪。上世纪八十年代，陆文夫以小说《美食家》闻名，因而成为苏州菜的一个招牌人物。国画名家叶放的母亲姓毕，其家族在乾隆时期出过状元毕沅。他家中来了台湾亲戚，都邀请陆文夫点菜作陪。在得月楼的菜谱上，大家终于看到了“秃黄油”，标的是“时价”，却不知道是什么东西。陆文夫一句“这是瞎胡搞”，弄得大家兴味索然，也就没点成。我想陆文夫是个苦孩子出身，并非出自钟鸣鼎食之家，他哪里知道大闸蟹还有这种逆天的吃法？况且在刚刚改革开放的八十年代，这样吃不是典型的“暴殄天物”吗？

台湾美食家逯耀东曾二三十次到苏州，寻觅老苏州味道，他的美食著作《大肚能容》《寒夜客来》中，从没有写到过“秃黄油”。他去拜见陆文夫时，两人共同为苏州菜的衰落而叹息，陆文夫曾经挂帅的“老苏州酒楼”也因为生意萧条而关张。

所以，我们可以认定，“秃黄油”这东西一度在大陆失传了。

早在二〇〇六年，叶放先生在古谱记载和民间硕果仅存的大厨口授的基础上，用蟹黄蟹膏复原了“秃黄油”；二〇〇九年，沈宏非、叶放等老饕们在苏州举行“蟹事雅集”，以“秃黄油”

配黄菊花饭，成就了现在的秃黄油捞饭。

知道了这段曲折经历，我想这近八百块钱您肯定觉得花得值。因为这买的不是口福，不是故事，而是一段真实的历史——一段曾经湮没、在地下潜行、重又跃归地面的历史，当然，这也是一段伤心史，一部今日之《春秋》。

嘴刁的信阳男人

信阳男人嘴刁，所以信阳男人难伺候。

每个信阳男人的背后都有一个信阳女人，那就是他妈。信阳男人的口味都是信阳女人给惯出来的，妈妈用精细的厨艺把信阳小子伺候成信阳男人，然后送他远走高飞。以后他若娶个信阳女子，倒还好说；若娶个非信阳籍的女子，只有两个结果：一是把这个女人改造成信阳菜高手，二是在失去信阳风味的饭菜中痛苦一生。

信阳恰为中国南北分界标志线中穿过，它被视为河南的南方，而又被南方视为北地，所以它南北通吃。这里具备南方的一切特点，如山多水好、鱼米之乡，物产丰阜、女人水灵。这里随处都是水塘，到哪里都能抓几条鱼、逮几只王八，所以到哪里都饿不着。信阳属淮河流域，过去常发大水，信阳男人精明，因而养成了把好东西都吃进肚里的习惯，家里不必置办什么好家具，大水来了，揣着细软就走，不怕淹他个七荤八素，是故培养出一批好吃又会做的信阳吃货。

几年前有人告诉我，信阳特产可以一言概之，那就是“wān jī bā máo”。这几个字读出来不雅，姑以拼音代之，但说出来颇有道理。“wān”是指南湾湖，信阳最大的水库，也是信阳好水的代表；“jī”是鸡公山，风景名胜、避暑胜地，著名的宋美龄别墅就坐落于此；“bā”是指王八，也就是甲鱼，炖甲鱼汤、红烧甲鱼是信阳人的最爱；“máo”是指毛尖茶，中国八大名茶之一，信阳人须臾不可离开的饮品。

因为信阳菜名声在外，信阳男人在省城又多身居高位，所以近几年郑州遍布信阳菜馆，对他们贴身服务，甚至连炖汤的水都号称是从南湾运来的，直吃得省会醺醺然、昏昏然。信阳餐馆这一独特的营销渠道，也一度把信阳产维雪啤酒的销售带得极其火爆，只可惜好景不长，不久维雪啤酒就被百威集团收购，一个很好的品牌从此消失。

因为信阳水质软糯，所以既适合酿造啤酒，也极适宜炖菜。“炖”字本该念“dùn”，可按信阳人的发音，偏偏念成“dèn”，透着一股绵软和轻灵。炖鱼，炖鸭，炖肉，炖豆腐，炖大锅菜，加上信阳粉皮，那是无往而不炖。

甚至连炖鸡汤，信阳人都要精致地分为公鸡汤和母鸡汤，二者各有功用，如日常喝的多为公鸡汤，口味好、营养多；母鸡汤多给产妇喝，能温补兼催奶。至于老鸭汤，更是信阳人清热败火的必杀技。谁家没有仨俩砂锅，这家的女人就是不称职的。

信阳菜的特点是咸、香、微辣、醇厚，菜色偏重、口感滑爽，以腌、腊、风干为特色，炒菜时还会时常放些大油，使菜品更加油亮芳香。不过我吃起信阳菜，感觉还是口味咸了点儿、颜色重了点儿，这是豫菜的传统，在粤菜、本邦菜和淮扬菜大举北上的今天，稍微清淡些会更有利于推广。

信阳一地，各县都有名菜名作：如固始鸡汤面，那是要用笋鸡来炖汤的，清淡、鲜美，放几片青菜，铺两只鸡蛋，尤其要用只一拃长的超细空心贡面，下得极稀，以喝汤为主；罗山大肠汤，当地盛产淮南猪，猪大肠口感肥嫩，味道厚重；商城筒鲜鱼，鱼腌制后放在竹筒里，湿润保鲜，代替了冰箱的作用；潢川黄岗鱼汤，炖得酸香浓郁、滑嫩可口；双流肉丸子则筋道肥美、余味无穷。

信阳菜有很多代表作，如信阳大烩菜、南湾鱼头炖豆腐、焖罐肉、腊肉炒菜头、护心皮炖萝卜、腊肉炖鳝鱼、滑肉粉皮汤、青菜豆筋、毛尖炒鸡蛋、板栗焖鸡、将军菜炒豆腐等；还有一些各地名产，如固始笨鸡蛋、商城麻鸭、罗山箭杆白、固始雪里蕻、新县山野菜等等，不一而足；连早上都要吃豆皮卷油条、炒米饭、热干面、三角包，不像有些地方早上一碗稀饭就能够打发了。

而在过年时节，每家都是要吃掉一头猪的，有现杀现做的，有做成腊肉的，有灌成香肠的。腊肉经过腌渍和晾晒，油脂经过充分挥发和融化，吃起来已不再油腻。信阳男人嘴刁，不是信阳风味的腊肉和灌肠，他是连看都不看的。

那次我们去固始，看大家一早就在吃鸡汤面，经打听，才知道电影院附近小胡同里那家最正宗。一尝，果然不同凡响，清爽不腻，汤味醇正，我连喝了两大碗。

我们去商城县一同事的媳妇家，领教了信阳人的好客，他岳父给我们做了一桌子菜，自己却坚决不上桌，还谦虚地说："没的菜，没的菜！"弄得我们都不好意思吃。而他姥爷去看自己出嫁的闺女，都觉得空着手有失礼仪，还要去塘里摸一篓泥鳅才过去。从这点上我充分领略了信阳人礼数多，而且好面子。

但是，别看信阳男人这么爱吃，却怎么吃都不发胖，这成了一个难解之谜。我猜这与他们的饮食习惯有关，其一是由于他们的主食为米饭，不易分解为脂肪；其二是信阳男人总是手不离信阳毛尖，而常喝毛尖定能刷膘——两者共同造就了信阳男人的苗条身材。

信阳男人有福，还表现在信阳水土好，这里的女子大都长得细腻水灵，皮肤好、相貌好。鄙单位的好几个信阳女子都是女神般的人物，弄得男同事们只敢暗恋、不敢表白，最后都像一朵朵花似的被外面的小伙子摘走了，直弄得男同事们后悔不迭，“早知道就先下手为强了”。可惜啊！

吃点儿好的很有必要

无意宣传这句广告词。我只是觉得，干我们这一行，不吃点儿好的不行。

哪一行？有一行，需要劳心劳力，绞尽脑汁，冥思苦索，宵衣旰食，挣着卖白菜的钱操着卖白粉的心——此乃玩文字这一行也。

诗人、翻译家黄灿然有一篇文章《给未来的译者——谈翻译的十个条件》，其中一条就是“确保身体有充足营养”，换言之，就是得吃得好些。他说：“翻译对脑力的消耗是非常大的，就还需要搬动大词典而言，体力消耗也大。按我的估计，做翻译时，营养需求会比平时提高一倍。就我自己而言，只要我一顿吃得差些，就提不起劲来做翻译了。……耐性跟营养有极大关系，如同克服压力与营养有极大关系。另外，任何做翻译的人，都会遭遇各种令人绝望的句子，有时是太复杂，有时是太抽象，有时是太跳跃，有时根本就看不懂，还有各种意想不到的障碍，这时候你会诅咒自己，你想号啕大哭，你想——你什么都想，就是不想做这见鬼的翻译。要克服这些绝望时刻，需要耐性，而没有足够的营养，就会身心疲乏。”

岂止是翻译，不止一位作家说过，写长篇小说绝对是一件重体力劳动，一般的身体素质干不了这活儿。写作三卷本长篇小说《平凡的世界》的作家路遥，用创作随笔《早晨从中午开始》记录了他写作这部小说的艰苦卓绝经历：整夜伏案写作至天明，不吃早餐，中午醒来只吃点儿馒头米汤咸菜，又开始阅读和写作，有时晚上吃点儿面条，接着写到黎明。他用这种简单粗糙的饭食支撑了这部长篇小说长达六年的写作，提前透支了生命。奈何这部小说问世没多久，他也积劳成疾、溘然长逝了。

所以，讲究点儿营养、吃点儿好的，是非常必要的。我甚为钦佩的老出版家沈昌文就深谙此道，他写过一篇《编辑与饮食》，里面就大讲自己编杂志、搞出版的经验之谈：痛痛快快吃上一餐！沈老主编《读书》杂志时，办公室就少不了三样东西：冰箱、电砂锅、咖啡壶。电砂锅里经常炖着红烧肉，冰箱里常冻着“普京”（普通燕京啤酒），就着咖啡看稿件、改校样，如得神助，灵感迭现。这是对自己。对作者们呢？其谓：“编辑也者，‘交际草’之谓也。编辑而不交际，何来佳稿名作？”所以当年《读书》杂志的饭局很有名气，可谓是吃遍京城大小餐馆无敌手，进而吃遍全国。饭局是人际关系的润滑剂，饭局也使得《读书》好稿不断。

时任《读书》编辑的扬之水女士，后来在中华书局出版的三卷本日记《〈读书〉十年（一九八六～一九九六）》中，就记录了当年在沈昌文主持下与作者们的各种饭局，无意中也记载了当时北京的中西餐食单和物价水平。无怪乎人们戏称扬之水此套书为“名单、书单、菜单”的“三单”之书。当然，沈先生此举也在出版社内部引起诸多关于生活方面的批评，对此，沈昌文的答复更是言之凿凿：你去看看那些出版老前辈的回忆和日记，动辄“招饮”“小叙”，更不时有“送一席去”的豪举，换来了一部部好书稿，这分明就是说“编书如下厨”嘛！

你谓这招儿灵不灵？去看看当年《读书》杂志的火爆劲儿就知道了。而近些年《读书》杂志乏人问津，我想除了指导思想方面的偏差外，主要就是距餐饮业越来越远了。

当然，如今人们主要不是缺乏营养，而是缺乏身体整体素质的提高。日本作家村上春树认为，“要成为一个职业小说家，所做的第一件事就是早睡早起，不熬夜，彻底地改变生活状态”。他为了保持体力，除了制订营养丰富的食谱外，就是坚持天天跑步，一下子跑了二十多年，还热衷于参加各种马拉松赛。

写作是一场长跑，生命也是一场长跑。所以，加强点儿营养，争取跑得更久吧。

辑五　舒卷

海明威，巴黎的味觉记忆

哪个作家在年轻时，没有过在巴黎晃荡的经历，恐怕都是人生的缺憾。

欧内斯特·海明威，埃兹拉·庞德，格特鲁德·斯泰因，司各特·菲茨杰拉德，马雅可夫斯基，伊莱娜·内米洛夫斯基，弗拉基米尔·纳博科夫，巴勃罗·聂鲁达，加西亚·马尔克斯……名单还可以开列很长，共同点是他们都曾浪迹巴黎，采访、侨居、写作，巴黎生涯对其一生产生过重要影响，在其作品中有着挥之不去的深深烙印。但与这些作家不同的是，海明威的巴黎记忆是被饥饿所包围的，所以他笔下时时不忘对各种食物深情地描摹一番。

在海明威晚年撰写的巴黎回忆录《流动的盛宴》中，我们随处可以看到这种痕迹。在巴黎，你如果吃得不够饱，就会随时感到饥肠辘辘，因为所有的面包房在橱窗里都摆着各种美味的食物，人行道的桌子上随处散发着咖啡和甜点的芳香。“当你二十五岁的时候，而且生就一副拳击手的身材，少吃一顿就能使你感到非常饥饿。”所以，海明威笔下的人物都有着强劲的胃口和对食物的极大欲望，这不能不说是他的巴黎后遗症。

一九二二年，海明威听从斯泰因小姐的劝告，辞去了多伦多星报驻欧洲记者的工作，一心一意做专业作家。那时，他的长篇小说《太阳照常升起》尚未问世，他只靠写些短篇小说来维生。

早上，海明威往往在妻子哈德莉还在酣睡时就起来写作了。这时候，会有一个羊倌赶着一群奶羊从街上走来，海明威所在的大楼里会有一个女人拿着大壶去买现挤的羊奶，而她是这座大楼中唯一的顾客。

上午，海明威习惯于去巴黎的业余爱好者咖啡馆或丁香园咖啡馆，叫上一杯牛奶咖啡，然后从口袋中取出笔记簿和铅笔，开始一天的写作。如果小说中的小伙子正在喝酒，海明威也会忍不住口渴，然后去要一杯圣詹姆斯朗姆酒，一边注视着窗边的姑娘，一边继续进入小说情节中。中午，他会向侍者要一打葡萄酒牡蛎和半瓶干白葡萄酒，一边吃着带有强烈海腥味和淡淡金属味的牡蛎，一边呷着冰镇白葡萄酒，开始制订下一步的写作计划。

偶尔，海明威会在天气晴朗之时，买上一升葡萄酒、一只面包和一些香肠，在塞纳河畔看人们钓鱼。这里能够钓到一种长得很肥壮、肉质鲜美超过沙丁鱼的鮈鱼。这种鱼在附近的露天餐厅就能够吃到，而最好吃的则是圣路易岛的油炸鮈鱼。

当时，斯泰因小姐的工作室、埃兹拉·庞德的工作室和西尔维娅·比奇小姐开设的莎士比亚书店是侨居巴黎的英美作家的三个著名沙龙。一天，已快下午三点了，海明威还未吃午饭。他在莎士比亚书店附近遇到了西尔维娅·比奇。“你太瘦了，海明威，你吃得够饱吗？”接着，她请海明威到利普饭店，点了一客油煎土豆和半升啤酒。谁知，海明威馋相毕露，吃完一份，又要了一份油煎土豆和一客烟熏香肠，在又粗又大的法兰克福香肠上涂上厚厚的芥末酱，把它们一扫而光。席间，她与海明威探讨了短篇小说的刊登出路问题。这使得海明威坚定自己必须写一部长篇小说了。

法国大餐是出名的美味，巴黎更是名餐馆密布，但这似乎离海明威很远。就在这时，美国《日晷》杂志的编辑沃尔什找到了他。《日晷》杂志是当时美国一份著名的文学季刊，每年颁发一项高达一千美元的奖金，用以奖励在文学创作上有杰出成就的撰稿人。这一千美元意味着什么？当时在欧洲，两个人只需一天花五块钱就能够生活得舒适美好，而且还有钱出外旅行。

这天，沃尔什邀请海明威到巴黎圣米歇尔林荫大道一带最昂贵的餐馆吃饭。席间点了昂贵的扁形的、微微带点儿紫铜色的马郎牡蛎，法式炸土豆条，加上一瓶干白葡萄酒。海明威没有客气，他一次就点了两客腓力牛排，再加上一瓶“教皇新堡”红葡萄酒。沃尔什闪烁其词，告诉他：“你就要获奖了。”后来，海明威见到爱尔兰作家乔伊斯，乔伊斯问：“他许诺过授予你年度奖没有？”谁知，沃尔什不仅向乔伊斯许诺过，对庞德也说过同样的话。这个骗子！但不管怎样，海明威先美美地吃了一顿丰盛的午餐。

当时，同样在巴黎生活的美国作家司各特·菲茨杰拉德已经出版了长篇小说《了不起的盖茨比》，尽管销路不太理想，但也够他在巴黎租上一套带家具的套房，并拥有一辆雷诺牌轿车。然而，海明威对他发表在《邮报》上类似“知音”体的故事很不感冒，觉得那无异于为赚钱而卖淫。一次，海明威夫妇接受菲茨杰拉德的邀请，一起去里昂旅行。午餐他记得很清楚，“吃着绝妙的菌块烤鸡、可口的面包和马空白葡萄酒”；晚餐呢，“又点了鲜美的蜗牛和弗勒利干红葡萄酒，用面包蘸着黄油、蒜泥和欧芹酱”。这是一次美食之旅。但菲茨杰拉德此时的心情并不好，因为他的妻子泽尔达爱上了一位法国飞行员，他们在旅行中充满了争吵。

一九二五年，海明威夫妇又去奥地利的施伦斯地区滑雪，“我们总是感到很饿，每次进餐都是一件大事。我们喝淡啤或黑啤、新酿的葡萄酒，其他则是当地那个河谷酿制的樱桃白兰地和用山龙胆根蒸馏而成的烈酒。有时我们晚餐吃的是加上一种醇厚的红葡萄酒沙司的瓦罐焖野兔肉，有时则是加上栗子沙司的鹿肉”。在这里，海明威把他在六个星期内写成的《太阳照常升起》修改完毕，从此一举成名。

但巴黎那极度贫困也十分幸福的日子，对海明威来说是一生不会忘怀的。“巴黎永远没有个完。巴黎永远是值得你去的，不管你带给了她什么，你总会得到回报。”海明威用最深情的笔调，为《流动的盛宴》画上了句号。

大仲马下厨记

选鲜活个大的大螯虾或龙虾一只，串在烤扦上，烤扦固定在烤叉上。抹上香槟、溶化的黄油、胡椒粉和盐，在明火上烤。虾壳很快被烤脆，用手指一捻即成粉末。待虾壳跟虾体分离，表明虾已烤熟。此时，将滴油盘里的汁液撇掉浮油，加入塞维利亚橙汁和混合香料后淋在虾上即成。这道五香烤虾，尤其是在诺曼底，永远让人食之难忘。

这段话，如果出自一位大厨的手笔，你都会觉得很正常；但如果告诉你这是法国著名作家大仲马的下厨经验之谈，你恐怕就会刮目相看了。

大仲马是个高产作家，他身后留有数百部著作，包括《基督山伯爵》《三个火枪手》《布拉热洛纳子爵》《黑郁金香》《玛戈王后》等大家耳熟能详的作品。但让人意想不到的是，在他的遗作中，竟留下一部内容驳杂、引述宏富的《大仲马美食词典》！

大仲马素以喜欢请客、为人慷慨著称，尤其是他以那部小说《基督山伯爵》爆得大名后，整个巴黎为之疯狂，也使他彻底告别了贫困，从此每年能挣上二十万金法郎，跻身靠文学致富的财主之列。一八四三年，踌躇满志的大仲马在从布吉瓦尔通往圣日耳曼的大道旁，买了一块林木葱茏的土地，在这里盖起了一座三层高的“基督山城堡”。一八四八年七月二十五日，大仲马在新居举行了一次有六百人参加的大型宴会，到处悬挂着帕伊特里侯爵的名言“风煽起了火！上帝照亮灵魂！”，草坪上布满了各式美食，他拥抱着美丽妇人、品尝着各色甜点，感受到从未有过的幸福。从此，很多潦倒的艺术家、作家都成了“基督山城堡”的座上客，他专门雇人烹饪供他们吃喝。由于客人太多，大仲马不得不把左手伸给客人，用右手不停地写作，到吃饭时再与他们一同进餐。有时候，大仲马也会亲自动手，为客人们做一道拿手好菜。

乔治·桑在一则日记里记录过大仲马亲自操勺：

约上马夏尔，六点半跟若内尔夫妇一起吃饭。这顿饭是大仲马亲手做的，从汤到色拉，总共十来道菜，全都可口无比……

后来，一八四八年革命的爆发使得大仲马收入主要来源的剧院变得空无一人，这对他是一种毁灭性打击。但他慷慨好客的本性仍未改变，于是他举债消费，进而债台高筑。不久，“基督山城堡”被法院拍卖。大仲马也因此被世人评为“写作使其富有，耽吃使其贫困”。

此后，虽然大仲马随着创作时而富裕时而贫困，但热爱美食和美女的天性一直陪伴着他。就说《大仲马美食词典》里的许多条目，大都是经他亲自实践的。还说开头那个“大螯虾”，那次就是大仲马与一帮朋友到海上捕鱼，一位厨娘在小火上熬了八个小时的浓汤，本来她是主厨，就因为厨艺太差，大仲马取而代之。他开列了“主菜：番茄小虾浓汤，美国风味龙虾，诺曼底酱鲽鱼，青鱼蘸麦特里调味汁，香槟白葡萄酒炒牛腰；烤炸：吊烧鸡两只，油炸章鱼；小食：普罗旺斯烩番茄，牛腰汁煮蛋花，糖渍芦笋尖，西班牙莴苣心，水果”以及“四种葡萄酒、两种饮品”的菜单，别人都觉得这份菜单需要三个小时才能烹调完成，而大仲马只用了一个半小时就创造了奇迹。菜肴上桌后，大家竟吃了四个小时，仍然意犹未尽。这顿饭，让大仲马的厨艺美名广传。

大仲马确实有很多美食心得，比如他对奶酪的吃法有独得之秘，“放太久的和刚做成的都不要吃，因为刚做成的奶酪会造成腹胀腹泻；而搁置太久的奶酪会刺激肠胃，导致冒酸水、嗝出难闻的气味”。他在旅行时也能吃到新鲜的黄油，秘诀是：不管是牛奶、骆驼奶、山羊奶，有机会就接上半瓶，挂在马脖子上赶路，傍晚到达目的地时，敲掉瓶颈，拳头大小的一块黄油自然就形成了，并且屡试不爽。

大仲马认为天鹅虽然非常优雅，“而从烹饪学的角度看，天鹅，特别是野天鹅，之所以拥有如此高的地位，皆因其肉比任何蹼足动物的肉都更细嫩鲜美”。连诗人笔下会唱歌的精灵——云雀，在饕餮之徒眼中也成了上好美味，熏着烤着吃最可口。他引用美食家德·雷尼尔的话说：“云雀肉馅饼是最精美的小食，行家品来才深知其回味悠长，酥皮妙不可言，配料无与伦比。”这未免有点儿焚琴煮鹤地煞风景，让人想起中国那则笑话：某人看上别家养的鸽子，主人无奈，送了一对儿给他；改日，又见某人，问他鸽子怎样，那人舔着嘴唇说：“嗯，颇肥美！”

猪肉在法国美食中地位不高，大仲马却认为“经过高明厨师的打理，猪肉仍能做出十分可口的菜肴”；牛排是西餐里的主菜，但大仲马觉得法国牛排比英国牛排要略逊一筹，区别就在于英国人给牛喂的饲料比法国的好，因而牛排更嫩，“要吃牛排必须去英国的小酒馆，浇上马德拉白葡萄酒或咸鱼黄油汁，或者配上浸透了醋的水芹菜吃，……最好是就着小黄瓜泡菜吃”。

大仲马笔下还有很多名人与吃有关的八卦轶闻。比如说欧洲流行吃火鸡，但著名诗人、文艺批评家布瓦洛还是孩子的时候，就因为家中养有火鸡，布瓦洛不慎摔倒露出红色的内衣，被火鸡扑上去一阵猛啄，使他下体某个部位遭受重伤，因此布瓦洛再也没能成为一名色情诗人，而转以攻讦女人为乐；作家维克多·雨果爱吃榛子，儿时因为爬树摘榛子，差点儿没跌下山沟摔死；法国诗人缪塞就因为嗜喝苦艾酒，因而自己的诗里也带有浓浓的苦味；法国国王路易十四的御医对付久病不治的顽症采取的办法是，让病人多吃杏仁肉冻。关于争议很大的吃狗肉问题，他引用希波克拉底的话说：希腊人吃狗肉，而罗马人只在最奢华的筵席上才上狗肉。普罗旺斯人喜欢吃大蒜，几乎所有浓汤和调料里都会放大蒜，而罗马诗人贺拉斯在抵达罗马的第一天吃了大蒜烧羊头，造成消化不良，从此对大蒜没了兴趣。

这些有趣的记载，你不觉得只有真正的吃货才会津津乐道吗？

所以，晚年的大仲马尽管财产与健康尽失，但他活得更潇洒，以吃遍巴黎的大小餐馆为乐，每到一处，便写下品尝心得，这为他以后写作《大仲马美食词典》积累了很多素材。当时的各大名厨纷纷以结交大仲马为荣，大仲马也因此成为法国最早、也是最负盛名的食评家。

假如巴尔扎克没有遇到咖啡

巴尔扎克爱喝咖啡，一不小心竟喝出了个小说组第一名。

习惯熬夜的人恐怕都很难离开咖啡，搞写作这一行的更是视咖啡为最佳伴侣。因为写作是一件孤独的高脑力、高体力劳动，没有强大的心理支撑不行，没有不断的刺激更不行。在欧洲作家中，咖啡是最受欢迎的刺激性饮料。巴尔扎克一生写出了九十一部小说，组成了表现十九世纪法国社会恢宏场景的《人间喜剧》，可以想象这九十一部小说是在怎样的孤独暗夜中用咖啡浇灌而成的。据说他一生创下了喝五万杯咖啡的纪录，恐怕是我知道的作家中喝咖啡之最了。

我在想，假如巴尔扎克没有遇到咖啡，他还会不会写出卷帙浩繁的《人间喜剧》？答案绝对是否定的，甚至整个欧洲文学史都会因此被改写。我们从巴尔扎克对咖啡的细腻感受中，就能准确无误地得出这个结论。

它翻搅、刺激胃液，就像女占卜师呼唤她的神灵，它虐待敏感的胃壁，就像赶大车的大骂年幼的马儿；腹腔神经丛着火了，燃烧起来，火星直抵头脑。于是一切都行动起来了：思想像一支大军的各支连队开赴战场，战争爆发了。记忆拉开大旗，疾步前冲；比喻的轻骑兵快马加鞭；逻辑是炮兵，开着车，带着弹药筒，奔赴前线；俏皮话像狙击兵翩然而至；形象修辞力透纸背；墨水涂满纸面，因为熬夜总以黑墨水来开始和结束，犹如硝烟自始至终弥漫战场。

这段针对咖啡进入体内后种种感觉的精彩比喻，若无对咖啡有刻骨铭心的体味，是不会刻画得这么入木三分的，它就来自巴尔扎克的《风雅生活论》中的《现代兴奋剂论》一章。

咖啡容易让人兴奋，“喝咖啡是对内脏的焙炒”。所以巴尔扎克说：“一位朋友答应人家一项工作，第二天就得完成，于是我建议他这样喝咖啡。”谁知那人竟然像新娘子一样瘫软，喝完咖啡就像中了毒，重新躺回床上一卧不起。可见对咖啡不胜耐力者或空腹喝下高浓度咖啡会有怎样的效果，那些人常常会大汗淋漓、神经衰弱、困倦不堪。但“讨厌的人喝了咖啡只会更叫人讨厌”，巴尔扎克自己就有过同样的经历，他到乡下拜访朋友，却显得“脾气暴躁、一味地逞口舌之勇，根本没有与人讨论的诚意”，后来检讨之，原来是刚刚喝过的咖啡在作怪。

巴尔扎克惯于夜间写作，他拉下窗帘，于是整个静谧的夜晚直到第二天清晨都属于他的喷薄期了。他更多是靠咖啡的刺激来为创作助燃，以至于最后死于咖啡中毒。因为他的一位朋友告诉他：“咖啡的作用能够持续十五至二十天，写一部歌剧绝对绰绰有余。”所以，巴尔扎克对咖啡十分依赖，他甚至总结出一些喝咖啡的独特经验：一、按土耳其方法研碎的咖啡比磨坊里磨碎的味道重，土耳其方法研制的咖啡末儿更细，更易留住鞣酸、释放芳香；二、要使用红衣主教德·贝卢瓦的后裔发明的咖啡壶冲泡咖啡，而且冷浸比热浸效用更佳。如果去巴尔扎克故居参观，你也许能见到这把咖啡壶是什么样子，据说就是现在经常使用的双层容器叠合而成的那种；三、咖啡的力量取决于放进上层容器的咖啡数量、压榨的力度和加水的多寡，这是一个递减过程，但效果能持续好几天。这里的论述已经有些专业性了，我们可以想象这是巴尔扎克类似“久病成医”的经验积累。

巴尔扎克的小说里到处都是咖啡的影子，在《欧也妮·葛朗台》中，那个悭吝的百万富翁老葛朗台还用着老旧的褐色陶壶煮咖啡。为了节省，他没事就把方糖切成小块，而且把黄油锁在柜子里。他那侄儿从巴黎来，想喝一杯巴黎流行的浓咖啡而不得，想往咖啡里多放些糖都被他制止，“加些牛奶，可以减轻些苦味”，老葛朗台告诫这可怜的年轻人，他自己喝咖啡更是舍不得放糖。侄儿想教会女仆学会用夏塔尔咖啡壶煮咖啡的想法，更是变成了泡影。

在欧洲，咖啡是生活必需品，老葛朗台愣是把它变成了奢侈品。巴尔扎克对生活的观察细致入微，这或许正是他对当时一些“高端人士”之悭吝抠门儿的活写真吧。

小玛德莱娜蛋糕的三种吃法

来，先喝杯茶，再来一块小玛德莱娜蛋糕。

你问这小玛德莱娜蛋糕（Madeleines）的来历？它是法国人餐桌上不可或缺的餐后甜点。你看，它呈贝壳状，颜色金黄，松软可口，带有柠檬的淡淡清香，让人一望就生食欲，配着红茶或花草茶食用，真是再合适不过了。法国人在沙龙派对、家庭聚会上随时都能见到它的身影。

然而，能让小玛德莱娜蛋糕跨越国界、青史留名，马塞尔·普鲁斯特的那部长达七卷本的小说《追忆逝水年华》功不可没。尽管写出七卷本小说是一桩不小的罪过，我每次都翻得昏昏欲睡——但是鉴于普鲁斯特卧床长达十五年，终日无所事事胡思乱想，意识像蛋清一样随意流动，流出了这部长篇，我们就原谅这个可怜的孩子吧。

为品尝一下这种甜点，那天我在某宝上搜了一下，哇，满坑满谷的各种大娘手工制作的玛德莱娜蛋糕，以及各种贝壳状凹槽模具充斥页面。难道这种法国蛋糕已经无声无息地登陆东亚大陆，在我们的餐桌上扮演异域风味的角色了？

鸡蛋、黄油、白糖、蜂蜜、淀粉，做起来并没有太高技术含量，吃起来却是有极高技术含量的。让我们先回顾一下普鲁斯特是怎么品味这种蛋糕的，找找正宗的感觉：

有一年冬天，我回到家里，妈妈见我浑身发冷，说还是让人给我煮点茶吧，虽说平时我没有喝茶的习惯。我起先不要，后来不知怎么一来改变了主意。她让人端上一块点心，这种名叫“小玛德莱娜”的、小小的、圆嘟嘟的甜点心，那模样就像用扇贝壳瓣的凹槽做模子烤出来的。天色阴沉，看上去第二天也放不了晴，我心情压抑，随手掰了一块小玛德莱娜浸在茶里，下意识地舀起一小匙茶送到嘴边。可就在这一匙混有点心屑的热茶碰到上腭的一瞬间，我冷不丁打了个颤，注意到自己身上正发生着奇异的变化。我感受到一种美妙的愉悦感，它无依无傍，倏然而至，其中的缘由让人无法参透。这种愉悦感，顿时使我觉得人生的悲欢离合算不了什么，人生的苦难也无须萦怀，人生的短促更是幻觉而已。我就像坠入了情网，周身上下充盈着一股精气神：或者确切地说，这股精气神并非在我身上，它就是我，我不再觉得自己平庸、凡俗、微不足道了。

你看，这种吃到嘴里的感觉，一种从感觉到意识由表及里层层渗透的通感，由现实到抽象、由片刻到永恒的递进，进而产生一系列对人生况味的感喟，细腻得犹如高科技演绎的好莱坞大片，日子过得糙的人无疑体会不出来。这就是巨匠的吃法，这就是高明的境界。

所以，我总结，品尝小玛德莱娜蛋糕，不能像吃普通零食那样三下五除二地解决，而应该细嚼慢咽，同时调动左右大脑、思维意识、深层记忆、人生阅历，换一种方式来吃。

具体来说，小玛德莱娜蛋糕的吃法有三种：

第一种，哲学层面的吃。“如此强烈的快感，是从哪儿来的呢？我觉着它跟茶和点心的味道有关联，但又远远超越于这味道之上，两者是不能同日而语的。它究竟从何而来？它意味着什么？怎样才能把握它、领悟它？我喝了第二口，没觉得跟第一口有什么不同，再喝第三口，感觉就不如第二口了。该停一下了，这茶的美妙之处似乎在消减。很清楚，我要找的个中真谛并不在茶里面，而是在我自身里面。这热茶唤醒了它，但我还不认识它，于是只能一次又一次、劲道随之减弱地重复这一现象。……我放下茶杯，让思绪转向自己的心灵。只有在内心才能找到真谛。可是怎么找呢？心灵是个探索者，同时又正是它所要探索的那片未知疆土本身，它的本领在那儿根本无法施展；我没有丝毫把握，总觉得心有余而力不足。”“我再一次为它廓清道路，把第一口茶的味道送到它跟前。我骤然感到周身一颤，觉着脑海里有样东西在晃动，在隆起，就像在很深的水下有某件东西起了锚，我不知道这是什么东西，但它在缓缓升起。我感觉到它顶开的那股阻力，听到它浮升途中发出的汩汩的响声。”

看到没有，蛋糕和茶只是思维的载体，它触动心灵，悠然从物的层面上升到哲学层面,思接千载,神骛八极,最终直奔“你从哪里来，你是什么人，你到哪里去”的终极问题。这是吃小玛德莱娜蛋糕的最高境界。

第二种，回忆层面的吃。“骤然间，回忆浮现在眼前。这味道，就是小块的玛德莱娜的味道呀，在贡布雷，每逢星期天（因为这一天我在望弥撒以前不出门）我到莱奥妮姑妈屋里去给她道早安时，她总会掰一小块玛德莱娜，在红茶或椴花茶里浸一浸，然后递给我。刚看见小玛德莱娜，尝到它的味道之前，我还什么也没想起来。”“一旦我认出了姑妈给我的在椴花茶里浸过的玛德莱娜的味道，她的房间所在的那幢临街的灰墙旧宅，马上就显现在我眼前，犹如跟后面小楼相配套的一幕舞台布景……我们的花园和斯万先生的苗圃里的所有花卉，还有维沃纳河里的睡莲，乡间本分的村民和他们的小屋，教堂，整个贡布雷和它周围的景色，一切的一切，形态缤纷，具体而微，大街小巷和花园，全都从我的茶杯里浮现了出来。”

这块蛋糕，就像打开记忆大门的钥匙，能够调动起早已湮没的潜在回忆，就像一部年久失修的电视机换了显示器一样，所有影像全部清晰起来；或如偶尔翻出一盒儿时的录影带，幼时的音容笑貌一一重现。这种奇功，不是人人都能做到的吧？这是吃小玛德莱娜蛋糕的中等境界。

第三种，物质层面的吃。这种吃法最 low（低级），因为它最没有技术含量，只为尝鲜，只为点饥，只为松软芳香，只为口腹之欲。多数人吃的就是纯粹物质，一点儿也没有上升到精神层面。他们没有意识到小玛德莱娜蛋糕不仅仅是一种蛋糕，而是一种载体。

所以，你就明白了，为什么世界上只有一个普鲁斯特，且再也没有诞生过《追忆逝水年华》。

伍尔夫不爱英国菜

在欧陆菜系里面，最受推崇的肯定是法国菜，英国那难以下咽的“黑暗料理”无疑要靠边站。虽然我对英式下午茶印象不差，但也不敢冒天下之大不韪为英国菜抱屈。

英国菜的做法大抵只有两种，要么放在烤箱里烤，要么放入锅里煮，至于调料什么的，倒像是吃自助餐，你根据自己的口味再往上撒，一般是盐、黑椒、芥末、辣酱油等。所以，在这里，炸鳕鱼配薯条、烤牛肉配布丁已经算是顶级菜肴，堪称英国的国菜了。

弗吉尼亚·伍尔夫是个爱烹饪的女作家，她家里虽有厨娘，但接待朋友时，她大都会亲自下厨。安杰莉卡·加尼特在《岁月与海浪——布鲁姆斯伯里文化圈人物群像》里这样记述她在伍尔夫家吃饭的情景：“我们坐在餐厅的长桌旁喝茶，餐厅是房子里最大的房间。弗吉尼亚坐在桌子的一端，她倒茶时，和瓦奈萨小心翼翼、沉着稳当的手艺不同，而是边说着话，边把茶壶晃来晃去，以强调她要表达的意思。我们的杯盘都是精美的瓷器，食物也比在查尔斯顿庄园的要酥软一些——在这里能吃到的饼干，而不是蛋糕，还有弗吉尼亚亲自弄来的农家自制的黄油和许多价值一便士的小圆面包。”那时虽是第一次世界大战与第二次世界大战间隙的静谧时光，但英国人过得并不富裕。

伍尔夫似乎天生对英国菜印象不好，她在女性主义的代表作《一间自己的屋子》里，委婉地表达了她的感受：

我的汤端来了。晚饭开在大饭厅里。事实上这完全不是春天，而是十月的一个晚上，大家都聚在那间大饭厅里。饭已经预备好了。这是汤。平淡无奇的肉汤。里面没有东西可以使你幻想。盘子底上如果有什么花样，你可以由那些透明的汤里看见。但是并没有花可看。盘子也是平淡无奇的。跟着是牛肉和它的青菜和土豆——朴实的三位一体，使人想起泥泞的菜场上牛的尾部，边上发黄而又卷起的白菜芽，要价还价，还有星期一早上拿着绳子结的口袋的女人。我们没有理由可以对我们的日常食物不满。……“晚饭不好”，……不成，我不能说这种话。

总之，一句话，就是平淡无奇，让人引不起任何幻想。

而在伍尔夫的意识流代表作《到灯塔去》中，有一段描写拉姆齐夫人用一顿丰盛的晚餐来招待班克斯先生，终于在一片灰暗的烹饪描写中显出了“亮色”：“玛莎有几分夸耀地揭开了盖子，那个棕色的砂锅里喷发出橄榄油和肉汁的浓郁香味。那厨娘为了准备这道菜，足足花了三天时间。拉姆齐夫人把刀叉深深地插到酥软的牛肉里，她一定要精心挑选一块最嫩的给威廉·班克斯。她凝视着油光闪亮的锅壁和锅里棕黄色的香味扑鼻的肉片、肉桂树叶和美酒。”

如果说此前伍尔夫对英国菜的评价还有些矜持的话，这时候她用拉姆齐夫人之口可以痛痛快快地发表评论了：

“这是大大的成功。”班克斯先生暂时放下手中的刀叉说道。他细细地品尝了一番。它美味可口、酥嫩无比，烹调得十全十美。她怎么能够在这穷乡僻壤搞出这样的佳肴？……“这是按照祖母的法国菜谱做的。”拉姆齐夫人不胜喜悦地说。这当然是法国菜。所谓英国的烹饪法，简直糟透了（他们大家都表示同意）。那就是把白菜放在水里煮。那就是把肉片烤得像牛皮。那就是把美味的菜皮全剥掉。“菜皮，”班克斯先生说，“是蔬菜中营养最丰富的部分。”拉姆齐夫人说，这简直是暴殄天物。

一个英国厨师所抛弃的东西，足以养活一家法国人。

哈哈，看到了吧？这唯一一道好吃的炖牛肉竟然是法国菜！而英国厨师把蔬菜的精华都丢掉了，所以英国菜在伍尔夫心目中只是“把白菜放在水里煮”，“把肉片烤得像牛皮”，说起来确实有些暴殄天物。

在战前幽静的时光里，在英国乡下简陋的条件中，能吃到这样一餐法式炖牛肉当然是一种上好的享受。伍尔夫在《到灯塔去》里，笔下的拉姆齐夫人正在撮合班克斯先生和画家莉丽小姐结婚，但他们看到拉姆齐先生仅凭着哲学研究来养活八个子女，拉姆齐夫人在为这个家操劳，“女人必须扮演妻子和母亲的角色吗？”莉丽有些犹豫。灯塔，窗口，航行，大海，岩石，似乎构成了这个时代的最后一抹余晖。

菜肴入诗

这顿晚餐应该这样吃：

先来一杯“日出东方”来唤情、开胃，这是由墨西哥龙舌兰酒加柳橙汁、红石榴糖浆和冰块调制的酒饮，外表虽然冰凉沉静，喝下去却十分闷骚；再来一份“毋忘在莒”，那是煎制的红葡萄酒浸泡后的牛小排，目的在于用酒香唤醒肉的遥远记忆；配上一份“三寸金莲”，那是由可乐、蒜粒炖烂的猪脚，重点是在猪脚的选材要线条顺畅、瘦不露骨；佐以“红杏出墙”一份，那是由鸡外腰、鹌鹑蛋、排骨、红枣、花生、栗子做成的一锅“乱炖”，它们相互依偎、缠绵，“不同肤色烫出相同的人情”；接着，上一份大菜，那是由啤酒、冬虫夏草炖制的发情公鸭，烹制的要点在于先灌公鸭以陈年老酒，酒后为它按摩，再去除过厚油脂，使其体香能充分传播；尔后，甜点是“一柱擎天”，那是裹满鸡蛋汁、黄豆粉的香蕉，以热油炸至金黄色，再蘸上蜂蜜，以示“男人的图腾”;最后，端上一杯“春情荡漾”的饮品，那是春泉水煮沸后添加蛇床子，加入姜糖，然后滤去蛇床子再撒上干玫瑰，甘甜撩人，饮之“会有梦一般的芬芳自体内散开”。

怎么样，如此一顿大餐，定会使你激情四射、欲望流溢吧?

这就是台湾作家焦桐《欲望厨房》给我们开列的春意浓浓的菜谱。更加奇异之处，是焦桐开列的“材料”“做法”“注意”“说明”，不仅食材特别，如发情的公鹅、孟加拉虎鞭、浙江奉化溯溪而上的小鱼、培根卷热狗等等，还在每份菜谱后面都附上别开生面的一首诗，如“那烈焰，不断撩拨/在欲望四溢的厨房/所有想象都在一只/高温而润滑的炒锅里，所有的/材料，充满暗示”;“未经汆烫的肉丢入炖锅，如同/未经爱情洗礼的婚姻/情欲必须被香火不断慢炖/节制欲爆的冲动”;“我们的恋情/像烤苹果，内在/不要求很多糖/却不能缺少甜蜜”。小诗配大餐，我们的大脑、脾胃都同时得到了丰美的享受。

这使我想起闻名京城的大董饭店，它以烤鸭和意境菜著称，不仅包房墙上映射着宋词，每上一样主打菜，也会随菜附送一阕宋词，“春到长门春草青，红梅些子破，未开匀。碧云笼碾玉成尘，留晓梦，惊破一瓯春。花影压重门，疏帘铺淡月，好黄昏。二年三度负东君，归来也，著意过今春”，甚是风雅。有时候来这里不是盼着新菜肴，而是想又该送哪阕宋词了。我就收藏了这里印制的多阕宋词，真不知他们备了多少种呢。

菜肴入诗，这在我国有数千年的传统，从最早的《诗经·小雅》到屈原《大招》，里面的雉鸡、脍鲤、嘉鱼、炰鳖往往看得人满嘴生津；唐诗“两只黄鹂鸣翠柳，一行白鹭上青天”常常被菜馆做成诗意菜；苏东坡的《猪肉颂》《菜羹赋》更是千年流传的名篇，陆游的上百首饮食诗也都是取之不尽的源泉。焦桐的食谱诗，或为传统的新变异乎？

焦桐的《欲望厨房》在台湾出版时名为《完全壮阳食谱》，难保书店店员们不把它放入生活书目的食谱类。而他在写作此书时不断地做烹调实验，意外地使全家人都胖上几斤，不能不说是个小小的“灾难”。在“壮阳”的同时，焦桐还不忘时常调侃一下政治，如他菜谱名中的“戒急用忍”“庄敬自强”“强固基地”，菜谱说明中的“煮鱼汤可转喻为从事救苦救难的革命事业，须准确掌握时空关系，适时崛起，趁机挺进，能忍人之所不能忍，亦决人之所不能决”“鱼翅欲表现‘鼎镬甘如饴’的滋味，须勇于挑弃杂质，拿出‘严汉贼之辨’的民族大义；熬煮时要像革命奋斗，须有沉着观变、历久弥坚的精神”，整个一文化解构精神，把政治生态、神话心理融于日常锅碗瓢盆之间，让人为之一粲。

焦桐出版过《台湾味道》《台湾肚皮》《台湾舌头》等美食著作，还主编历年的《台湾饮食文选》，并且主持召集台湾“年度餐馆评鉴”，是身体力行的美食实践者。相比较，大陆的美食文化资源虽然很丰厚，但我们的美食写作往往路子狭隘，还需要开拓更广阔的空间，探索更丰富的形式，一如花样翻新的现实生活。

金瓶细点

“点心”是小食、零食的别称，一般以面点、馅料蒸制或烘焙而成。这个词叫得可真贴切，因为它不能当饥，只为点心——对心灵起到抚慰作用。我们常见到过女生失恋或失意之时，用各种零食胡吃海塞，完全不顾身材、形象，那就是一种疗伤。这时你就会发现，“点心”是一种多么奇妙的发明。《金瓶梅词话》中，潘金莲在等待西门庆时，蒸好角子（饺子）舍不得吃，只给心上人留着。这点心又成了你侬我侬、我点侬心的甜蜜道具。

《金瓶梅词话》描写的多为市井饮食，不算高档，但市井细民平时能吃得到。小说里记载了丰富的点心小食，除了酥油泡螺、梅苏丸为标准的南式点心之外，其他的如香茶木樨饼、果馅椒盐金饼、荷花饼、果馅团圆饼、梅桂菊花饼、黄韭乳饼、春不老蒸乳饼、玫瑰元宵饼、顶皮酥果馅饼、玉米面鹅油蒸饼、凤香蜜饼、松花饼、春饼、艾窝窝、黄米面枣儿糕、裹馅凉糕、檀香糕、玫瑰八仙糕、玫瑰点心、搽穰卷儿、花糕、粽子、响糖、糖薄脆、蜜饯等等，都是以北方糕点风格为主，或者南北风格兼具。因为在《金瓶梅》描写的北宋时期，一条运河贯穿南北，交通便捷、货运发达，南北饮食风味交流频繁，区分不是特别明显。但从饮食描写偏北方口味，亦可判断作者是位长期生活在北方的博雅之士。

点心历史悠久。孙頠《幻异志·板桥三娘子》有："有顷，鸡鸣，诸客欲发，三娘子先起点灯，置新作烧饼于食床上，与诸客点心。"吴曾《能改斋漫录》有：唐郑傪为江淮留后，家人备夫人晨馔，夫人顾其弟曰："治妆未毕，我未及餐，尔且可点心。"可见，最早的点心是当早饭用的。

袁枚笔下的陶方伯十景点心，令人过目难忘。"每至年节，陶方伯夫人手制点心十种，皆山东飞面所为。奇形诡状，五色纷披。食之皆甘，令人应接不暇。萨制军云：'吃孔方伯薄饼，而天下之薄饼可废；吃陶方伯十景点心，而天下之点心可废。'自陶方伯亡，而此点心亦成《广陵散》矣。"

"吃陶方伯十景点心，而天下之点心可废"，这评价高则高矣，可看出袁枚的私心偏爱。这些点心究竟是哪十种，他没有开列出明细，反而给了我们很大的想象空间。

南式点心与北式点心有很大差别，我们从稻香村的“京八件”中可约略做一个比较。北京稻香村始建于清乾隆三十七年（一七七二），它推出的“京八件”远近闻名，有枣花酥、绿豆糕、萨其马、太师饼、椒盐饼、蜜三刀、肉松饼、茯苓饼等品种，是以枣泥、青梅、葡萄干、玫瑰、豆沙、白糖、香蕉、椒盐等原料为馅儿，采用酥皮和混糖皮两种皮料，烘焙而成，吃起来酥软可口。

我们觉得这些北式点心足可夸耀，在周作人先生笔下，却是“北地八大件，品质较粗疏”，与南方的“嘉湖细点”相比，还是简陋多了。

南北点心铺的招牌都不一样，北方是“官礼茶食”，历史长，是按唐宋遗制；南方则是“嘉湖细点”，从明朝中叶至今。周先生是很看重点心的，在某种程度上，点心就是人生的真味。没了点心，人生价值就会大打折扣。他在《北京的茶食》中说：“我们于日用必需的东西以外，必须还有一点无用的游戏与享乐，生活才觉得有意思。我们看夕阳，看秋河，看花，听雨，闻香，喝不求解渴的酒，吃不求饱的点心，都是生活上必要的——虽然是无用的装点，而且是愈精炼愈好。可怜现在的中国生活，却是极端地干燥粗鄙，别的不说，我在北京彷徨了十年，终未曾吃到好点心。”而相比较，“南方的点心是闲食，做法也是趋于精细鲜美，不取茁实一路的”。

一九四七年，周作人先生回味起“嘉湖细点”，还专门吟咏过《茶食》，读起来颇有意思：

东南谈茶食，自昔称嘉湖。今日最讲究，乃复在姑苏。粒粒松仁缠，圆润如明珠。玉带与云片，细巧名非虚。北地八大件，品质较粗疏。更有土产品，薄脆出缸炉。半饱可点心，或非茶时需。吾意重糕饼，稍与常人殊。蒸炼有羊羹，制出唐浮屠。馒头澄沙馅，云是祖林逋。亦喜大福饼，朵颐学儿雏。杖头有百钱，一日足所需。干糇可庋藏，且置室一隅。会当风雨夕，慰情聊胜无。煎饼庶其选，可以佐苦茶。更喜甜纳豆，肥美诚可茹。故里塔山下，小饼号香酥。并配炒芽豆，为值良区区。只今投百金，难得一握余。俯仰三十年，感叹无乃愚。

周先生在《南北的点心》中记述了四十年前故乡绍兴的点心，大致分为五类：一是糖属，甲类有松仁缠、核桃缠，乙类牛皮糖、麻片糖、寸金糖、酥糖等；二是糕属，甲类有松子糕、枣泥糕、蜜仁糕，乙类炒米糕、百子糕、玉露霜，丙类玉带糕、云片糕等；三是饼属，甲类有各种月饼，限于秋季，乙类红绫饼、梁湖月饼等，则通年有之；四是糕干类，有香糕、琴糕、鸡骨头糕等；五是鸡蛋制品类，有蛋糕、蛋卷、蛋饼等。

另一种分法，是把点心分为“干点心”和“湿点心”。周作人先生在《点心与饭》中，回忆小时候大人们说“点心不是当饭吃的”时，写道：“我们乡下的点心大抵可以分作两类，一是干点心，在茶食店里所卖的是，二是湿点心，一切蒸制及有汤的东西。这第二类中有莲子茶、汤圆、烧麦、花饺、馄饨、包子、各式面、藕粥等，有的家制，有的有专店，半干湿的糕和麻糍一类也就附在这里。”我想，陶方伯十景点心应该脱不了这些种类，无非是做得更精致、更酥嫩可口些。

西门庆的早餐

在《金瓶梅》中，西门庆基本上就是个集官商于一身、贪赃枉法草菅人命、具体生意交由伙计（职业经理人）打理、每月有半月在妓院度过的人物。从他出场时二十六岁到死亡时三十三岁，短短七年，周旋于六个妻妾、丫鬟仆妇和官太太之间，同时把妓院当成第二个家，还时常使用淫器、服用胡药，身子已被早早掏空，所以不得永年。如果没有日常丰盛饮食的强力补充和医官调理，西门庆是早就无法支撑这种“日日癫狂”的生活节奏了。

那么，西门庆的饮食给养与普通人有何区别？从李瓶儿的一段话里能看出端倪。第十九回，西门庆雇凶找茬儿痛殴了抢走李瓶儿的蒋竹山，并让他赔了一笔银子，把李瓶儿重娶回家中做了第六房小妾。此时，西门庆还咽不下李瓶儿背叛自己的

“恶气”，对瓶儿又是一番责打，问道：“我比蒋太医那厮谁强？”李瓶儿的一番回答，对西门庆和蒋竹山做了个纵向对比：

他拿甚么来比你？你是个天，他是块砖；你在三十三天之上，他在九十九地之下。休说你这等为人上之人，只你每日吃用稀奇之物，他在世几百年，还没曾看见哩。他拿甚么来比你！莫要说他，就是花子虚在日，若是比得上你时，奴也不恁般贪你了。你就是医奴的药一般，一经你手，教奴没日没夜只是想你。

蒋竹山身体软弱、腰间无力，被李瓶儿喻为“中看不中用的银样镴枪头”，常常半夜三更撵到铺子里睡，不与他同房。李瓶儿一句“只你每日吃用稀奇之物，他在世几百年，还没曾看见哩”，就道出了蒋竹山身体软弱的一个原因：营养不足。

再看西门庆，基本上三日一小宴、五日一大宴，平日里吃喝也是三汤五割，连吃早餐摆上十样八样菜肴都很平常。我们看西门府菜单时都有这样一个印象：西门庆太爱吃肉，家里动辄是烧笋鸡、糟肥鸭、腌腊鹅、猪头肉、羊灌肠、炖鸽子、煎鲥鱼、火熏肉，最后再上一盘裂破头高装肉包子、一碗鳝鱼面。这一则说明他作为暴发户供养得起，二则说明他好吃能吃充满肉欲，再加上会些好拳棒，身体自然比那蒋竹山要强壮许多。

除了午餐、晚餐多为酒宴外，单单看西门庆的早餐，就可以大致知道西门府的生活水平。

第十一回，西门庆夜宿潘金莲屋，一大早想吃荷花饼、银丝鲊汤，使春梅往厨下说去。那春梅从中挑拨，孙雪娥生气不做，惹得西门庆对孙雪娥一顿拳打脚踢。吃荷花饼倒属正常，而一大早喝银丝鲊汤，口味未免重了些。“鲊”就是腌鱼，古时没有冰箱，为长久保存食物，人们就把食物以盐渍之，腌制起来，发明了“鲊”。北魏贾思勰《齐民要术》中就有裹鲊、蒲鲊、长沙蒲鲊、夏月鱼鲊、干鱼鲊、猪肉鲊等；南宋《武林旧事》《梦粱录》中杭州城的“鲞铺”内卖有桃花鲊、鹅鲊、骨鲊、海蜇鲊、大鱼鲊、鲟鳇鲊、蟹鲊、黄雀鲊、银鱼鲊等。银丝鲊汤就是把腌鱼切成细丝，加上配料做成汤。一般早上都是吃清淡食物，喝鱼汤不无“进补”之意。

第二十二回，腊月初八，一大早西门庆要去给尚推官家送殡，应伯爵过来，西门庆陪应伯爵吃早餐，摆上来四个咸食、十样小菜儿，四碗顿烂嗄饭：一碗蹄子，一碗鸽子雏儿，一碗春不老蒸乳饼，一碗馄饨鸡儿。银镶瓯儿里粳米投着各样榛松栗子果仁梅桂的白糖粥儿。吃完，就拿小银钟筛金华酒，每人吃了三杯。早餐就吃四个咸食、十样小菜、四碗炖菜加上八宝甜粥，放到今天也够腐化了。

第六十七回，西门庆已出现身体不适症状，一大早应伯爵来看他，由于是冬日，仆童端来两盏酥油白糖熬的牛奶子。应伯爵取过一盏，拿在手内，见白潋潋鹅脂一般酥油飘浮在盏内，说道："好东西，滚热！"呷在口里，香甜美味，只几口就喝没了。西门庆只顾让仆人帮着舒筋活络，把奶子放在桌上没吃。伯爵道："哥且吃些不是，可惜放冷了。像你清晨吃恁一盏儿，倒也滋补身子。"西门庆道："我且不吃，你吃了，停会我吃粥罢。"那伯爵"得不"的一声，拿在手中又一吸而尽，并说道："你这胖大身子，日逐吃了这等厚味，岂无痰火！"这里描绘了酥油牛奶的厚味和应伯爵的馋相，可见当时这东西是稀罕之物。李时珍在《本草纲目》里说牛奶"微寒无毒""热食即壅，不欲顿服"，倒跟应伯爵说的"这等厚味，岂无痰火"相近。更有甚者，任医官给西门庆开了一罐百补延龄丹（补药），让他就着人乳清晨服用，为此，奶妈如意儿还专门为他挤了人乳。

即使有这样丰盛的早餐，由于西门庆天天承香、夜夜笙歌，也不能挽救他早早透支的生命。这一方面说明了明朝中后叶的市场经济很发达，像西门庆这种财主家庭的生活水准很高，现今很多白领都未必比得上；另一方面也告诫世人，虽有“饱暖思淫欲”的说法，更有“仓廪实而知礼节”的古训，生活质量提高后，需多点儿精神追求，切勿走上西门庆式的歧途。

李瓶儿之“酥油泡螺”

初读《金梅瓶》,不知西门庆的爱妾李瓶儿做的“酥油泡螺”是什么东西，让西门庆如此心痴；看到张岱《乳酪》一文才明白过来。

中国人向无食用乳酪的习惯，或因加工复杂，或因成本高昂，偶有一尝，都惊为妙品。张岱认为市面所售乳酪一经驵侩之手，便无佳味，故自己动手养牛挤乳，制作乳酪。加工程序十分复杂，“或煎酥，或作皮，或缚饼，或酒凝，或盐腌，或醋捉”，非一般人所能掌握。苏州的过小拙用乳酪可加工成带骨鲍螺，要经过“熬之、滤之、钻之、掇之、印之”等一系列手段，才能成天下之“至味”。

方以智在《物理小识》卷六有“醍醐酥酪抱螺”的具体做法:“牛湩贮瓮，立十字木钻，两人对牵，发其精液在面者杓之，复垫其浓者煎，撇去焦沫，遂凝为酥；其清而少凝者，曰醍醐，惟鸡卵及壶卢可贮不漏。有苴白糖为饼者，有作乳酪者，或少加羊脂，烘和蜜滴，旋水中曰抱螺，皆寒月造。”所谓“醍醐灌顶”，就是用牛奶提炼出的酥油（乳酪）浇在头上，使其顿悟。《大般涅槃经》卷十四《圣行品》：“譬如从牛出乳，从乳出酪，从酪出生酥，从生酥出熟酥，熟酥出醍醐。醍醐最上，若有服者，众病皆除。”可见用“醍醐”制作的“抱螺”是一种多么珍贵的食品了。

鲍螺本是一种螺蛳类的海产品，带骨鲍螺则是模仿螺蛳形状的奶油制品。南宋周密《武林旧事·市食》里就有：“鲍螺，裹蜜。”张岱《陶庵梦忆·方物》提到各地名产，把它列为苏州特产：“苏州则带骨鲍螺、山查丁、山查糕、松子糖、白圆、橄榄脯。”宋初陶穀在《清异录》里记述过一种盛馔为“寒消粉”，“入口寒而消者”，也是一种奶油制品。王定保所著《唐摭言》卷十五记录了一种专门为皇帝制作的糕点“银饼馅”，“食之甚美，皆乳酪膏腴之所制也”，亦为乳酪制品。

在小说《金瓶梅》里，西门庆的第六小妾李瓶儿擅长做“酥油泡螺”，当与此“带骨鲍螺”相仿。后来，李瓶儿死去，西门庆再见到“酥油泡螺”就会睹物伤人。第六十七回里，温秀才和应伯爵在西门庆书房赏雪，这时妓女郑爱月的弟弟郑春送来了两盒茶食：

揭开，一盒果馅顶皮酥、一盒酥油泡螺儿。……伯爵道：“好呀！拿过来，我正要尝尝！死了我一个女儿会拣泡螺儿，如今又是一个女儿会拣了。”先捏了一个放在口内，又拈了一个递与温秀才，说道：“老先儿，你也尝尝。吃了牙老重生，抽胎换骨。眼见稀奇物，胜活十年人。”温秀才呷在口内，入口而化，说道：“此物出于西域，非人间可有。沃肺融心，实上方之佳味。”

……伯爵才待拿起酒来吃，只见来安儿后边拿了几碟果食，一碟酥油泡螺，一碟黑黑的团儿，用橘叶裹着。伯爵拈将起来，闻着喷鼻香，吃到口犹如饴蜜，细甜美味，不知甚物。……又拿起泡螺儿来问郑春：“这泡螺儿果然是你家月姐亲手拣的？”郑春跪下说：“二爹，莫不小的敢说谎？不知月姐费了多少心，拣了这几个儿来孝顺爹。”伯爵道：“可也亏他，上头纹溜就像螺蛳儿一般，粉红、纯白两样儿。”

这“上头纹溜就像螺蛳儿一般”就是用乳酪加工成螺蛳的形状。我想通过这两段逼真的描写，酥油泡螺（鲍螺）的色香味呼之欲出，可推知那是怎样一种酥软可口的休闲小食了。

置一席西门私房菜

看过《金瓶梅》的人，都会对西门庆家的日常饮食产生浓厚兴趣，看得出兰陵笑笑生在吃喝饮酒方面素有研究、颇有造诣，写得非常细致、搭配十分妥帖，可见作者平时也是个精于吃喝、讲究饮馔之人。笑笑生应该生长在殷实之家，但绝非钟鸣鼎食的豪富之辈，这从他描写日常饮食的标准就可以看出，是讲究实在而非乱摆花头，以大鱼大肉、烧鸭炖鹅居多，而非以中看不中吃的“目食”“耳食”类饮馔为主。

别看西门庆只是一个山东清河县的财主，到现在顶多也就是一中产阶层，但他家中的饮食吃喝比起现在的多数家庭都要繁富、讲究，标准也要高得多。由此我们也能看出明朝中后叶的市场经济给西门庆这样的殷实家庭带来了多么丰厚的富足生活。

我们先来逐回看看西门府日常的饮食情况（参考多种版本）：

李瓶儿恰待起来临镜梳头，只见迎春后边拿将来四小碟甜酱瓜茄、细巧菜蔬，一瓯炖烂鸽子雏儿，一瓯黄韭乳饼，并醋烧白菜，一碟火熏肉，一碟红糟鲥鱼，两银镶瓯儿白生生软香稻粳米饭儿，两双牙箸。（第二十回）

两个小厮放桌儿，拿粥来吃。就是四个咸食，十样小菜儿；四碗顿烂嗄饭：一碗蹄子，一碗鸽子雏儿，一碗春不老蒸乳饼，一碗馄饨鸡儿。银镶瓯儿里粳米投着各样榛松栗子果仁梅桂白糖粥儿。西门庆陪应伯爵、陈敬济吃了，就拿小银钟筛金华酒，每人吃了三杯。（第二十二回）

（蕙莲）于是走到大厨灶里，舀了一锅水，把那猪首、蹄子剔刷干净，只用的一根长柴禾，安在灶内，用一大碗油酱，并茴香大料，拌的停当，上下锡古子扣定。那消一个时辰，把个猪头烧的皮脱肉化，香喷喷五味俱全。将大冰盘盛了，连姜蒜碟儿，用方盒拿到前边李瓶儿房里。（第二十三回）

西门庆一面揭开盒，里边攒就的八槅细巧果菜，一槅是糟鹅胗掌，一槅是一封书腊肉丝，一槅是木樨银鱼鲊，一槅是劈晒雏鸡脯翅儿，一槅鲜莲子儿，一槅新核桃穰儿，一槅鲜菱角，

一槅鲜荸荠；一小银素儿葡萄酒，两个小金莲蓬钟儿，两双牙箸儿，安放一张小凉杌儿上。（第二十七回）

西门庆陪伯爵在翡翠轩坐下，因令玳安放桌儿："你去对你大娘说，昨日砖厂刘公公送的木樨荷花酒，打开筛了来，我和应二叔吃。就把糟鲥鱼蒸了来。"伯爵举手道："我还没谢的哥，昨日蒙哥送了那两尾好鲥鱼与我。送了一尾与家兄去。剩下一尾，对房下说，拿刀儿劈开，送了一段与小女，余者打成窄窄的块儿，拿他原旧红糟儿培着，再搅些香油，安放在一个磁罐内，留着我一早一晚吃饭儿，或遇有个客儿来，蒸恁一碟儿上去，也不枉辜负了哥的盛情。"（第三十四回）

说未了，酒菜齐至。先放了四碟菜果，然后又放了四碟案鲜：红邓邓的泰州鸭蛋，曲弯弯王瓜拌辽东金虾，香喷喷油炸的烧骨，秃肥肥干蒸的劈晒鸡。第二道又是四碗嗄饭：一瓯儿滤蒸的烧鸭，一瓯儿水晶膀蹄，一瓯儿白炸猪肉，一瓯儿炮炒的腰子。落后才是里外青花白地磁盘，盛着一盘红馥馥柳蒸的糟鲥鱼，馨香美味，入口而化，骨刺皆香。西门庆将小金菊花杯斟荷花酒，陪应伯爵吃。（第三十四回）

教人买了一坛金华酒，两只烧鸭，两只鸡，一钱银子鲜鱼，一肘蹄子，二钱顶皮酥果馅饼儿，一钱银子的搽穰卷儿……李瓶儿还有头里吃的一碟烧鸭子、一碟鸡肉、一碟鲜鱼没动，教迎春安排了四碟小菜，切了一碟火熏肉，放下桌儿，在房中陪西门庆吃酒。西门庆更不问这嗄饭是那里，可见平日家中受用、管待人家，这样东西无日不吃。（第三十四回）

一面分付来兴儿拿银子，早往糖饼铺，早定下蒸酥点心，多用大方盘，要四盘蒸饼：两盘果馅团圆饼，两盘玫瑰元宵饼；买四盘鲜果：一盘李干，一盘胡桃，一盘龙眼，一盘荔枝；四盘羹肴：一盘烧鹅，一盘烧鸡，一盘鸽子儿，一盘银鱼干。（第四十二回）

那时正是李娇儿生日，厨下肴馔下饭都有，安放桌儿，只顾拿上来。先桌边儿放了四碟果子，四碟小菜，又是四碟案酒：一碟头鱼、一碟糟鸭、一碟乌皮鸡、一碟舞鲈公。又拿上四样下饭来：一碟羊角葱炒的核桃肉，一碟细切的馅饽样子肉，一碟肥肥的羊贯肠，一碟光溜溜的滑鳅。次又拿了一道汤饭出来：一个碗内两个肉圆子，夹着一条花肠滚子肉，名唤一龙戏二珠汤；一大盘裂破头高装肉包子。……随即又是两样添换上来：一碟寸扎的骑马肠儿，一碟腌腊鹅脖子。又是两样艳物与梵僧下酒：一碟子癞葡萄，一碟子流心红李子。落后，又是一大碗鳝鱼面，与菜卷儿一齐拿上来。（第四十九回）

不一时，琴童来放桌儿，画童儿用方盒拿上四个靠山小碟儿，盛着四样小菜儿：一碟十香瓜茄，一碟五方豆豉，一碟酱油浸的鲜花椒，一碟糖蒜；三碟儿蒜汁，一大碗猪肉卤，一张银汤匙，三双牙箸。……然后拿上三碗面来，各人自取浇卤，倾上蒜醋。那应伯爵与谢希大……登时狠了七碗。……伯爵道："哥，今日这面，是那位姐儿下的？又爽口，又好吃。"（第五十二回）

卷棚内又早放下八仙桌儿，前后放下帘栊来。桌上摆设许多肴馔：两大盘烧猪肉，两盘烧鸭子，两盘新煎鲜鲥鱼，四碟玫瑰点心，两碟白烧笋鸡，两碟炖烂鸽子雏儿。然后又是四碟脏子、血皮、猪肚、酿肠之类。（第五十二回）

只见画童儿拿出四碟鲜物儿来：一碟乌菱、一碟荸荠、一碟雪藕、一碟枇杷。西门庆还没曾放到口里，被应伯爵连碟子都掛过去，倒的袖了。谢希大道："你也留两个儿我吃。"也将手掛一碟子乌菱来。只落下藕在桌子上。西门庆掐了一块放在口内，别的与了李铭吃了。分付画童后边再取两个枇杷来赏李铭。（第五十二回）

伯爵道："常二哥蒙你厚情，成了房子，无甚么酬答，教他娘子制造了这螃蟹鲜，并两只炉烧鸭儿，邀我来同哥坐坐。"……西门庆令左右打开盒儿观看，四十个大螃蟹，都是剔剥净了的，里边酿着肉，外用椒料、姜蒜米儿、团粉裹就，香油炸、酱油醋造过，香喷喷，酥脆好食。（第六十一回）

只见画童儿拿了两盏酥油白糖熬的牛奶子，伯爵取过一盏，拿在手内，见白潋潋鹅脂一般酥油飘浮在盏内，说道："好东西，滚热！"呷在口里，香甜美味，那消气力，几口就呵没了。……伯爵道："哥且吃些不是，可惜放冷了。……"西门庆道："我且不吃，你吃了，停会我吃粥罢。"那伯爵"得不"的一声，拿在手中又一吸而尽。（第六十七回）

西门庆坐在床上，春梅拿净瓯儿，妇人从新用纤手抹盏边水渍，点了一盏浓浓艳艳芝麻、盐笋、栗丝、瓜仁、核桃仁夹春不老海青拿天鹅，木樨玫瑰泼卤、六安雀舌芽茶。西门庆刚呷了一口，美味香甜，满心欣喜。（第七十二回）

不一时，拿了一方盒菜蔬：一碗烧猪头，一碗炖烂羊肉，一碗熬鸡，一碗煎焯鲜鱼，和白米饭四碗；吃酒的菜蔬：海蜇、豆芽菜、肉鲊、虾米之类。西门庆分付春梅，把肉鲊打上几个鸡蛋，加上酸笋、韭菜，和上一大碗香喷喷馄饨汤来，放下桌儿摆下，一面盛饭来，又烤了一盒果馅饼儿。（第七十六回）

（春梅）叫过小丫鬟兰花儿来分付道："……你去厨房内，对着淫妇奴才，教他洗手做碗好鸡尖汤儿与我吃口儿。教他多放些酸笋，做的酸酸辣辣的我吃。"……原来这鸡尖汤，是雏鸡脯翅的尖儿，碎切的做成汤。这雪娥一面洗手剔甲，旋宰了两只小鸡，退刷干净，剔选翅尖，用快刀碎切成丝，加上椒料、

葱花、芫荽、酸笋、油酱之类，揭成清汤。盛了两瓯儿，用红漆盘儿，热腾腾，兰花儿拿到房中。（第九十四回）

西门府的饮食都是些家常但不失精致的菜肴，很少像《红楼梦》里“茄鲞”这样华而不实的馔食，虽然大鱼大肉、烧鸭炖鹅多些，但符合一般百姓的口味，感觉丰盛、解馋、量大、实在，像是居家过日子吃的菜品，因而能被更多的家庭和人群所接受。

现在流行开发名人菜肴，像“红楼宴”啊、“曹雪芹私家菜”啊，西门庆虽然名声不大好，但西门府的日常菜肴还是值得一些酒店参考借鉴的。那么，从西门府的日常食单中，我们能开发出一系列的“西门私房菜”吗？我看不但可以操作，生意还会热闹、盈门。

这里，我就试开一份“西门私房菜”的详单，都以小说中的人物特点和口味来命名菜品，现把知识产权贡献出来，供大家参考：

早　餐

小菜：十香瓜茄，五方豆豉，泰州鸭蛋，酱浸鲜花椒；

粥类：酥油白糖熬的牛奶子，榛松栗子果仁梅桂用粳米熬制的白糖粥；

汤：韩爱姐鸡肉圆子头脑汤；

面点：果馅团圆饼，玫瑰元宵饼。

午宴

凉菜：火熏肉，糟鹅胗掌，肉鲊、虾米及其他时蔬小菜；

热菜：宋蕙莲烧猪头肉，李瓶儿水晶鹅，潘金莲煎鲜鲥鱼，吴月娘白烧笋鸡，郑爱月炖烂鸽子雏，常峙节醉酿螃蟹，孙雪娥炉烧鸭，林太太炖蹄子，王婆春不老蒸乳饼，孟玉楼馄饨鸡，应伯爵烧滑鳅，李娇儿肉圆子夹花肠滚子肉；

水果：雪藕，胡桃，龙眼，荔枝；

汤：春梅鸡蛋韭菜馄饨汤；

点心：顶皮酥果馅饼，裂破头高装肉包子；

茶：瓜仁香茶，蜜饯金橙子茶；

酒：竹叶青酒，木樨荷花酒。

晚宴

凉菜：海蜇、豆芽菜、糟鸭、乌皮鸡及其他时蔬小菜；

热菜：潘金莲羊角葱炒核桃肉，吴月娘蒜薹炒腊肉丝，李瓶儿木樨银鱼酢，王六儿劈晒雏鸡脯翅，王婆王瓜清炖辽东金虾，李娇儿油炸烧骨，孟玉楼滤蒸烧鸭，李桂姐白炸猪肉，西门庆爆炒腰花，应伯爵柳蒸糟鲥鱼；

点心：玫瑰点心，搽穰卷儿；

汤：孙雪娥酸笋鸡尖汤；

鲜果：乌菱，荸荠，西瓜，枇杷；

饮品：六安雀舌芽茶，王婆酸梅汤；

酒：金华酒，葡萄酒。

附录

文化地吃，优雅地品
——一份高阶中华美食书单

启正兄命我开列一份反映中华文化的美食书单，这是一份让人乐在其中的好活儿，自当从命。

“这个世界给人弄得混乱颠倒，到处是磨擦冲突，只有两件最和谐的事物总算是人造的：音乐和烹调。”（钱锺书语）浸淫美食文化多年，我做得最多的就是翻书，其次才是真刀实枪地吃。因为我喜欢挖掘美食背后的历史与文化，确切地说，是美食后面的奇人和妙事，我觉得这才是美食的魅力所在。中国历史上的妙人很多，只可惜，关于他们与吃的故事大都散落在历代笔记史料中，没有一部专书钩稽爬梳，所以一般读者找起来未免麻烦。而结集出版的，又以菜谱居多，不够活色生香，读起来难免感觉不过瘾。

虽然菜谱大同小异，但每个人品尝的心境和体验是独特的。

选择其中有代表性、有趣味的著作加以介绍，原非难事。只是近年出版的美食作品浩如烟海，“五色乱目”，难免会挂一漏万或一叶障目。所以，我的原则是不面面俱到，只选取我读过的、有特色的著作推荐；没读过的，不敢妄评，只好留待以后再去补遗。

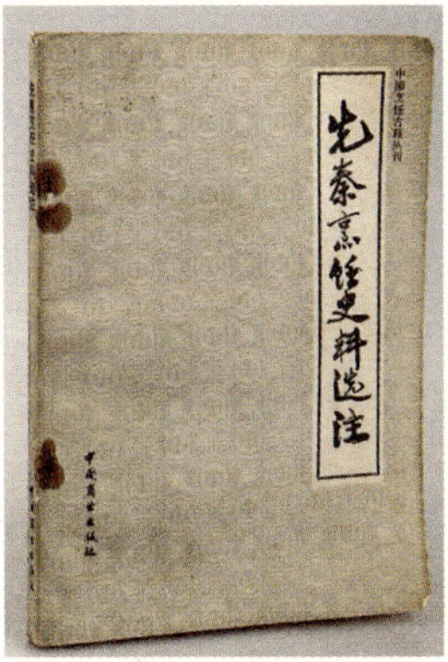

一、《先秦烹饪史料选注》

先民的吟唱，一半是针对爱情，一半是针对食物，不信你翻翻《诗经》；而《楚辞》中《大招》里的丰富菜肴岂止把馋虫勾出来，更把鬼魂勾回来。《周礼》《礼记》记录了最早的饮馔制度和饮食礼仪；孔子、孟子、老子、庄子也都对食馔有着精辟见解，“食不厌精”“治大国若烹小鲜”耳熟能详；而《吕氏春秋·本味篇》中的伊尹能“把最伟大的统治哲学讲成惹人垂涎的食谱”（钱锺书语），也是一绝。这薄薄一册，可以说把先秦饮馔史料一网打尽，欲了解美食源流者不可不看。

二、贾思勰《齐民要术》

顾名思义，这是北魏时代的生产生活百科全书。这本书在教农民们耕田种果、养牛造酒的同时，也在指导人们怎样做豆瓣酱、晒腊肉、制鱼鲊、做发面饼，而且，里面大多数的食物做法与现在无异。这说明它是来自生活又能指导人们生活的，反映了古人的智慧。

三、林洪《山家清供》

这是我读过的最有情趣的美食文字。林洪的文章不仅清丽好读，而且诗文、典故丰富，仿佛一个个活生生的人物在里面谈笑、饮酒，吃粥、嚼饼。林洪对苏东坡极喜爱，里面光涉及东坡的史料就有十条。循着文章的路径，可以挖掘出很多颇有风味的失传菜肴。

四、高濂《遵生八笺》(饮馔服食笺)

高濂信奉道家思想，故在饮馔服食之外，多重四时调摄、养生延年。他谈茶品、论泉水、喝粥糜、吃甜食，按现在的说法多为纯天然素食类，属于健康食品。不过明代著作多陈陈相因，我看里面有一款很有特色的“暗香汤”，其前后著作的记载竟大同小异，未知哪部为肇始者。

五、李渔《闲情偶寄》（饮馔部、颐养部）

李渔多才多艺，除写小说、编戏曲外，还自办出版社，同时弄个家台戏班四处演出打抽丰，可谓一时风头无两。这部著作共分词曲、演习、声容、居室、器玩、饮馔、种植、颐养八部分，涵盖面广，堪称是当时的小资生活指南。其“饮馔部”不在如何操作，而在论述食物习性、分享品尝之道，一读就知是知味之人。

六、袁枚《随园食单》

汪曾祺曾鄙薄袁枚，以为他虽有食单，但多耳食之学。我观《随园食单》，其内容丰富斑斓前所未见，涉及面之广亦前无古人，尤其是袁枚独创的“洗刷须知”“配搭须知”“火候须知”“器具须知”“上菜须知”“时节须知”等二十条和“戒外加油”“戒同锅熟”“戒停顿”“戒走油”“戒混浊”等十四条，非但是懂得厨艺，起码得是个行政总厨才有此经验。至于后面的菜单，基本上是扬州盐商家厨的本领，加上袁枚见多识广，自然不可小瞧。

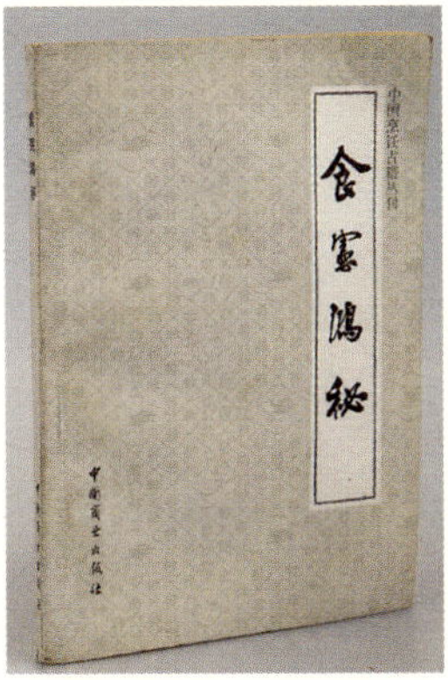

七、朱彝尊《食宪鸿秘》

朱彝尊是清代诗词大家和经史大家，入直过南书房，饮食方面肯定见过世面。其《食宪鸿秘》以江浙风味的最有特色，如“糟笋”“薰蕈”，间及京师风味的菜肴，如“覆水辣芥菜”“蒸山药”等。不过写法上太像普通菜谱，稍欠清趣。

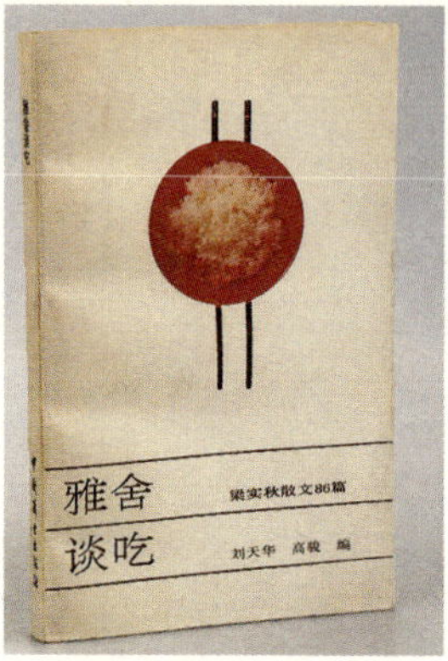

八、梁实秋《雅舍谈吃》

我最早看到此书，是在一九八九年中国广播电视出版社的《梁实秋散文》第四集中，当时惊为秘籍，原来还有人这么兴致勃勃、兴趣盎然地谈吃，原来在我们的日常吃食之外还有这么多精致菜肴值得谈论！直看得人口舌生津、食指大动，马上对比出现今饮食的粗鄙来。梁先生见闻广、文笔好，谈起吃来格外勾起故国之思，旧京的种种名吃一下子涌上心头、写在笔头，直可下酒。

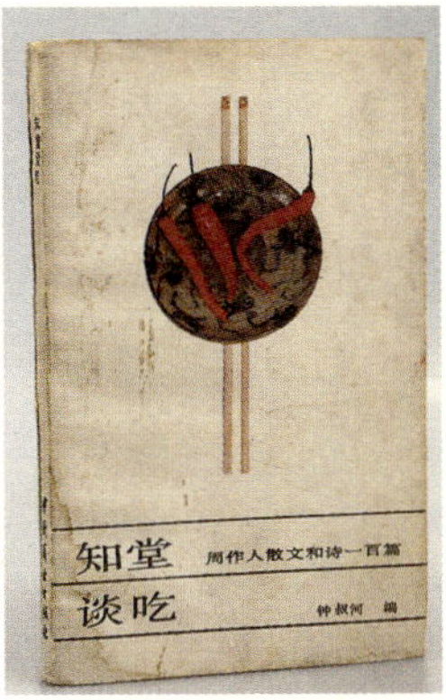

九、周作人《知堂谈吃》

谈吃，贯穿在知堂一生的文章中，在人生最得意的时候，谈吃；在生活最低谷的时候，亦谈吃。吃，是慰藉，是故乡风俗，也是儿时记忆。知堂这类文字，每篇往往就五六百字，却胜过千言万语。

十、汪曾祺编《知味集》

新时期作家谈吃，肇始于汪曾祺所编的《知味集》，“八大菜系，四方小吃，生猛海鲜、新摘园蔬、暨酸豆汁、臭千张，皆可一谈”，他遍邀各方作家大谈吃喝经，以及吃喝里面的人生际遇，让我读得津津有味。

以上这三本书几乎同时出现，激发了我们的味蕾，宽阔了我们的视野，使我们回到饮食、回到本源，从一饮一啄中发现人生居然如此美好。

十一、汪曾祺《四方食事》

汪曾祺先生谈饮食的文章共有几十篇，现在被选编成十几种谈吃的版本，可见其受欢迎程度。当代中国谈吃的文章，无法绕开汪老。汪老走南闯北，文章有典故有亲历，文风细腻、冲淡，虽寻常小吃，在他笔下也别有一番滋味。

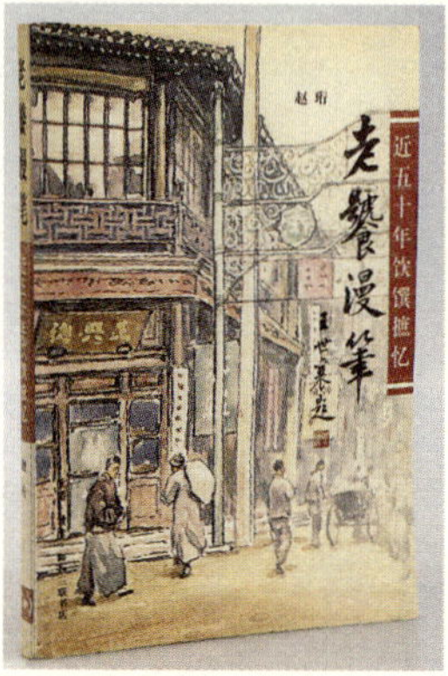

十二、赵珩《老饕漫笔》

赵先生自称“老饕”，盖因出身是京城世家，见识广博，此书副题是“近五十年饮馔摭忆”，只有老资格才写得出。读完此书的第一印象是“吃得广”，赵先生竟能发现江南最好吃的蟹黄汤包不在苏州，而在江苏靖江市教育局职工食堂，此亦为一绝也。

十三、逯耀东《肚大能容》

逯先生的本行是研究历史，却在大学里开了“中国饮食史”“饮食与文化”课程。为探访美食佳肴，竟有数十次大陆之行，尤对苏州情有独钟。故国神游，他常感慨美食的衰落。

十四、唐鲁孙《天下味》

唐鲁孙是满族的老北京人，他自称“馋人”，他那十一本谈饮食、谈掌故的著作无不弥漫着浓浓的思乡之情。老先生肚子里掌故多，见着什么东西都能扯出一堆前朝轶事来，让人感叹“吃的就是文化”。

十五、车辐《川菜杂谈》

车老先生人称“饮食菩萨”，曾从张大千、李劼人先生游。他在成都大小饭店从老板到跑堂都熟识，到饭店点菜从来都是可以回锅再烧的，如豆瓣鲫鱼只剩下骨头了，还能加豆腐和青菜回锅，又是满满一盘。他不但懂吃，还会做，所以他这本书拿来就能培训厨师。

十六、唐振常《颐之时》

唐振常自称“五十年前就跟着车辐在成都觅食”，吃不起大馆子，就在小店和摊头寻找佳肴。他的文章特点是指点江山、粪土当年权贵，批评起饭馆来不留情面，且能从日常饮食中挖掘出文化深意。

十七、陆文夫《美食家》

虽是一部小说，却勾勒了姑苏美食的变迁。昔日讲究吃喝的资本家朱自治，为了吃上朱鸿兴的头汤面，不惜早睡早起，“早上皮包水，晚上水包皮”成了他的生活方式。之后因为无处可吃而变得蔫头耷脑，为满足口腹之欲不惜娶昔日政客的姨太太，那顿“孔碧霞宴”也成了灰暗光景中唯一的亮色。改革开放后，朱自治重新吃香，能吃会吃也成了众星捧月的对象。这里面不仅有市井、有美食，更有人情世故、社会变迁，以及一个个鲜活荒诞的故事。

十八、周绍良《馋余杂记》

周先生写饮食、记交游，钩稽出各式北京小吃的渊源与做法，能准确记出是哪家做得好、哪位师傅手艺高。书中记述的王世襄先生拿豆汁儿用羊尾油熬制麻豆腐，至今仍是绝唱。

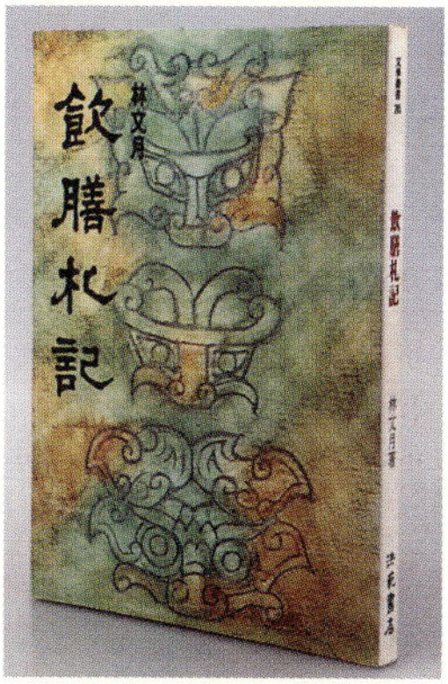

十九、林文月《饮膳札记》

林文月教授从台静农游，她爱请客，而且菜肴宴飨都要亲自操作。在别人的菜谱之上，根据自己的操作经验稍做取舍，就成了一桌丰盛的“林氏筵席”。此书所记，正是她的操作心得。

二十、沈宏非《写食主义》

沈宏非不拘泥于掌勺过程、品咂感受，而是把美食写得风情万种、外焦里嫩。他把食物由里至外一一拆解，把文字游戏玩得活色生香，写出了弦外之音。读之，感觉不啻是写给食物的情书。

二十一、梁文道《味觉现象学》

香港饮食的风华绝代造就了梁文道的味觉。所以，梁文道谈吃的文字在内地汇成三册，我嫌芜杂，而独爱这本香港上书局出版的《味觉现象学》。这本书与其说是饮食札记，毋宁说是一本政治、哲学、经济学甚至人类学札记，是一本变换角度谈饮食的著作。

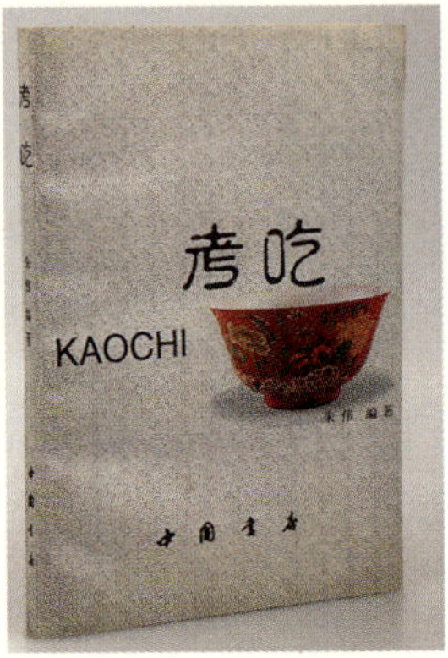

二十二、朱伟《考吃》

这本书是朱伟在做访问学者时，运用芝加哥大学东亚图书馆的丰富藏书，仔细爬梳而得。一个“考”字，道尽了其中辛苦，那就是功夫下够，挖掘、考证、梳理各种史集、笔记、地方志，把过去很多或习焉不察或众说纷纭的饮食来源一一做了辨析，堪称一部微型的中国饮食文化史。

二十三、陈晓卿《至味在人间》

陈晓卿因领衔制作美食纪录片《舌尖上的中国》而名声大噪，其实在此之前，他就以一张“扫街嘴”在京城“老男人饭局”中而闻名。据说他手机中存有数千家饭馆的联系方式，电视片端的是用腿跑出来的。本书记载了他十年来的觅食过程和饮馔记忆，自许是“将文字化作原料，以散文为碗钵，佐以故事人情之盐，把关于食物的独家记忆蒸炒煎炸而成”，让人明白，胃的指向就是家乡的方向。

二十四、王稼句《姑苏食话》

王稼句致力于乡邦文献久矣，这本书是他从饮食角度钩稽史料的又一贡献。他把历史上苏州的物产、时令、风味、小食、船菜等一一还原，层面宏博而条理清晰。了解过往，才知道今夕何物珍贵，也才能吃到点子上。

二十五、舒国治《台北小吃札记》

舒国治的这本书当得起“行脚文学”，全是他徒步丈量出来的。他不供房、不买车，其他生活标准降至最低，每顿饭食都在各小食店解决，独得之秘全在这本《台北小吃札记》里，可以拿来当台北美食游攻略。舒国治文字清简，直指内心，像上好的清胃之汤。

二十六、焦桐《台湾味道》

焦桐是诗人，又是台湾饮食写作的召集人，“左手诗歌，右手烹饪”。我印象深刻的是他写过一本《完全壮阳食谱》（大陆版更名为《欲望厨房》），实际上是二两食谱加三钱诗歌加半斤欲望，乱炖成一锅杂碎也。这本《台湾味道》，则是写他吃遍台湾的经验之谈，重在推荐“古早味”，涉及的小食店都附有地址电话，亦可作台湾游攻略。

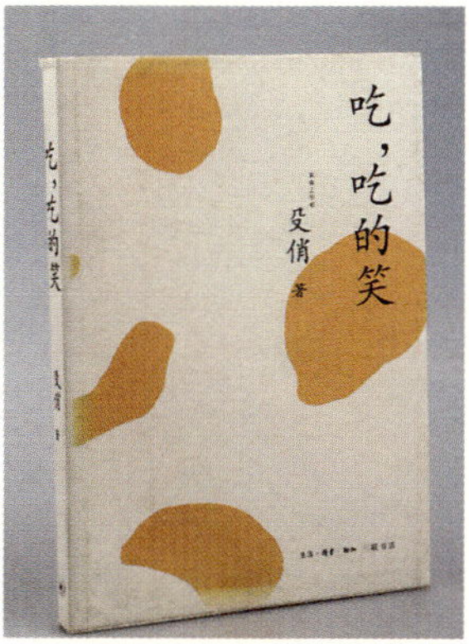

二十七、殳俏《吃，吃的笑》

美食文字最适合写专栏，根据季候、时令一路写下来，间或插科打诨，最为惬意。殳俏的文章就是这样，从专栏到结集成册，攻城略地，影响愈大。我欣赏她把食物像人一样对待的态度，而不仅是物化的对象。可以想象出她见到食物吃到笑的景象，催生出一系列妙笔文字，读起来充满“代入感”。

跋

前两年，因为编选一本古代美食小品，我查阅了许多历代笔记史料，辑录了两百多条与饮食相关的札记、史料，后来选入书中大约百条。剩余的觉得弃之可惜，就当成原材料，陆续写成了一些饮馔小札，算是编书的副产品吧。

翻检史料的过程，如同陪古人游，“取笋簟菘心与鳜相对，清水煮熟，用姜、芦服自然汁及酒三物等，入少盐，渐渐点洒之，过熟可食。不敢独味此，请依法作，与老嫂共之。呵呵”（苏东坡），“忽醒，渴甚，乘月中庭，见残雪中覆有齑盎。不暇呼童，掬雪盥手，满饮数缶。臣此时自谓上界仙厨，鸾脯凤脂，殆恐不及”（林洪），终日与如许妙人相对，是何等况味。我追慕着他们穿越秦汉、六朝、唐宋、明清，钩稽前朝饮食的神秘过往，捡拾雅人名士的馂馐余唾。这一过程，也一改我过去对古人多正经刻板的印象，他们渐渐在眼前变得鲜活、亲切起来。大概，吃是人们最易放松的时候，也最易露出本性。平素即使正襟危坐、端着架子的，吃饭时也会卸去盔甲。故而，此时的人性最本真，笑容最灿烂。

收在本书中的除了这类文章，还有一些是我对饮食的回忆和札记，既有过往，也有当下，算是对现实的关怀。朋友们喜欢我写的美食文章，不仅吃饭时常常喊上我，甚或专门有送螃蟹、赠竹笋之举，让我受宠若惊。我就权当这是撰写美食的福利吧。

朋友们以为我对饮食精通，吃饭时纷纷叫我点菜。我告诉他们，我主要是挖掘美食后面的历史和文化，并非像梁实秋、唐鲁孙那样吃遍天下无敌手，点菜真的不行。吃，是一种阅历，更是一种游历，固守一隅是无法享受到真正道地的各地美食的。这正是我的短板，除非把工作丢开。古人之食，与现今毕竟隔了一层。我感觉，我的文章只要涉笔当今美食，就会从旧影中走出，立时鲜活起来，引来共鸣无数、知音无数。有时我想，也许我更适合做一个背包美食客，走遍天下，当大家的美食导引者？

不管怎么说，眼前这本《四月春膳》，还是摹古多于状今，假以时日，我把二者比例反过来也未可知。这本小书的成形，端赖于程十八小姐的督促、翟德芳先生的青目、廉勇先生的斧削，在此一并谢过。当然，最感谢的，是上苍赐予我们丰富的食物。

曹亚瑟

二〇一六年四月十一日，小鲜馆